えっ？　平凡ですよ??　8

登場人物紹介
▲エミリア
セイルレーン教会を統べる、
女教皇。厳格な性格で、
リリアナとはぶつかることが多い。
▲リリアナ
前世の記憶を持つ転生少女。
人々に注目されないよう、地味に
生きていくことを決意したものの、
様々な事件に巻き込まれて
目立ってしまう……
▲ルーチェ
リリアナに祝福を授けた
光の精霊
ゆかり▶
平凡な女子高生だったが、
不慮の事故で命を落とし、
リリアナとして転生する。

▲シド
セイルレーン教会の
査察官として
暗躍する青年。
ブラッド▲
ゲオニクス王国で
リリアナが
出会った少年。
ランスロット▲
ジェラルディ子爵家の次男。
けれどその正体は、
魔法で容姿を変えた
シェルフィールド王国の王太子。
▲プリシラ
未来を視る力を持つ。
過去の事件を機に、
聖域に幽閉されている。
▲シンシア
過去を視る力を持つ。
何かとリリアナを
敵対視していて――？
精霊の姫巫女▲
精霊から特に愛される存在。
あらゆる精霊に力を借りて
人々を救済している。

第一章　聖女と戦災孤児

「まぁ、あの方が青薔薇《あおばら》の乙女？」

「王太子殿下とご婚約された、オリヴィリア伯爵家のリリアナ嬢ですわね」

次の瞬間、たくさんの視線がこちらに降り注《そそ》ぎ、私は深くため息をついた。

初花《はつはな》の儀を終えてしばらく経ちましたが、いまだ私は家族と一緒に、王都に滞在しています。それというのも、私の婚約をととのえるためなんだけど……

「まぁ、あの方がリリアナ嬢でしたのね。見てくださいな、あの透《す》き通るほど白い肌！　キラキラ光り輝く白金色《プラチナ》の髪。淡紅色《たんこう》の瞳は美しい花のようで、吸い込まれそう」

「本当……彼《か》の君の隣に並んでも見目劣《みめおと》らぬご令嬢なんて、リリアナ嬢だけですわ……」

ヒソヒソ話しているつもりかもしれませんが、すべて聞こえていますっ……お願いですから、そんなに持ち上げないでください‼

穴があったら入りたいと思いつつ、私は夜会のホールを進んでいく。

オリヴィリア領は辺境の地にあり、私はいわゆる田舎者ですが、王都に滞在している以上、夜会のお誘いが来ます。お断りするわけにもいかず、こうして参加しているものの――

そのたびにご婦人、ご令嬢の皆さんに注目されて、居心地が悪いったら！

私は隣を歩く人物に、恨《うら》みのこもった目を向けた。

私を優雅にエスコートするその青年は、絵画から抜け出してきたかのように美しい。太陽のごとく眩《まばゆ》い黄金《おうごん》色の髪に、青空みたいに澄んだ瞳。非の打ちどころがないほど完璧な容姿です。

そう、彼こそ、このシェルフィールド王国の王太子クラウディウス殿下。

……私がこんなに注目される原因を作った人物でもあります。

「リリアナ嬢は、本当にお綺麗ね。姿絵を拝見したけれど、比べものにならないくらい美しいわ！」

背後から聞こえてきた言葉に、私は目を見開く。

えっ！　姿絵⁉　知らないうちに、そんなものが出回っているんですか⁉

思わず眉間に皺《しわ》を寄せると、王太子様が私の視線に気づいたみたい。こちらの心中も知らず、にこやかな笑みを浮かべる。

その笑顔を見て、ご婦人方は黄色い声を上げた。

「まぁ！　お二人とも本当に仲がよろしいのね。見つめ合っていらっしゃるわよ」

「ふふ、素敵ですわ。相思相愛ね」

違う、見つめ合っているわけじゃありません！　私は睨《にら》みつけているんです‼

「あぁ、どうしてこんなことになっちゃったんだろう……」

私は小さく呟《つぶや》いて、そっとため息をつく。

平凡に生きていこうと誓ったのに、どんどんその道から外れている気がする……

――私、リリアナ・ラ・オリヴィリアには前世の記憶がある。

かつては橘《たちばな》ゆかりという名の女子高生でしたが、交通事故で命を落とし、この世界《セイルレーン》に転生したんです。

もちろん、最初は戸惑いの連続だった。でも今は新たな生を受け入れて、オリヴィリア伯爵家の娘として生きている。

そんな私も、気づけば十六歳！　セイルレーンでは成人とされる年になりました。

成人の儀に参加し、未来の旦那様を見つけるべく、オリヴィリア領から王都ローレリアへやってきたものの――

どういうわけか、たくさんの事件に巻き込まれてしまったんだよね。それをいつも助けてくれたのは、日本人によく似た容姿を持つランスロット様。そして――

隣で優雅に微笑《ほほえ》む王太子様も、オリヴィリア家の危機に手を差し伸べてくださった。お父様が不正の濡《ぬ》れ衣《ぎぬ》を着せられそうになったとき、犯人を炙《あぶ》り出すために、ある小芝居をしてくれたんです。

王太子様の婚約者候補である、薔薇《ばら》の乙女達。私は、その中の青薔薇《あおばら》の乙女にあたる。

黄薔薇《きばら》の乙女を孫娘に持つリディストラ侯爵は、どうしても彼女を正式な婚約者にしたかったみたい。そこでお父様に濡《ぬ》れ衣《ぎぬ》を着せてお母様達も一緒に拘束し、私を婚約者候補から外そうとしていたんだけど――

侯爵を追い詰めるための作戦として、王太子様が私を正式な婚約者だと発表しちゃったんだよね。そのおかげで、お父様の疑いも晴れ、家族皆が助かる結果となりましたが……

『あれは嘘でした』という発表は、今のところない。だから私は出かけるたびに、王太子様の婚約者として注目を浴びているんです。その上、たくさんの褒《ほ》め言葉までかけられてしまって――正直、気が重いよ。

そもそも、王太子様がよくないよね。

いつまで経っても、私が本当は婚約者じゃないって公表してくれないんだもの。そればかりか、私の出席する夜会でエスコートまでしてくださって……

これでは、周囲の誤解が深まるばかりです。

そのことについて抗議しても、いいようにはぐらかされてしまうし……だけど、今日こそは絶対に誤魔化《ごまか》されませんよ！

まずは、どこか静かなところに移動しましょう。さすがにこんな衆人環視《しゅうじんかんし》の中で、打ち合わせなんてできないからね。

「あの、王太子殿下……お話があるのですが、場所を移しませんか？」

「あぁ、もちろん構わない」

王太子様は私の申し出に、にっこりと応じてくれる。

私達は、人気《ひとけ》の少ない裏庭へと移動した。そこはとても静かで、風に揺られる木の葉の音がさわさわと聞こえてくる。

うん、ここなら秘密のお話もできそうですね。

「王太子殿下、今日は大切なお話があるのです」

「それは、ちょうどよかった。実は私も、リリアナ嬢に大切な話があったんだ」

気が合いますね、王太子様！　もしかして、王太子様もようやくこの婚約が嘘だったと発表する気になったんですか？

「そうだったんですね。では、どうぞ王太子殿下からお話しくださいませ」

私が促《うなが》すと、王太子様はにっこり笑みを深めて口を開く。

「私達の結婚式だが、いつにしようか？　私は、早ければ早いほどいいと思うのだが」

――え？　けっこん、しき？　それって、それって……

「えぇ――――――!?」

私は思わず大声を上げてしまった。

せっかく人気《ひとけ》のないところへ移動したのに、これじゃ、意味がありません。どうしよう、今の大声で人が集まってきちゃったら！

いやいや、でも、絶叫しちゃうのも仕方ないよ！

だって王太子様、結婚式をいつにしようかって言ったよね……？

それじゃあ、婚約を撤回するどころか話が進んじゃってるよ！

しかも早ければ早いほどいいって……

もう、どこから突っ込んでいいのかわかりません!!

口をぱくぱくさせていると、王太子様は少し困ったような笑みを浮かべた。

「驚かせてしまったなら、すまない。しかし、そうしなければまずそうな動きがあるんだ……」

え？　まずそうな動きですか？

もしかして、リディストラ侯爵みたいに不審な動きをしている人物がいるのかな？

そっか、だから婚約の話を進めるふりをして、不穏分子《ふおんぶんし》を片づけたいってわけだね！

それならそうと言ってください。勘違いして、恥ずかしいよ……

私は熱くなった頬を両手で押さえ、口を開いた。

「そうだったのですね。そういう事情があるのでしたら、このまま話を進めたほうがよろしいですね」

とはいえ話を進めるとなると、ますます婚約は嘘だって言いづらくなっちゃいそう。本当のことを世間に公表するときには、婚約破棄って形になりそうだね。

うーん。その場合、私は結婚から遠ざかってしまいそうです。だって、王太子様と破談になった令嬢をもらってくれる方なんて、そうそういないもの。

……でも、それはそれで、よしとしましょう。

王太子様には、私の大切な家族を助けてもらった。そのおかげで、私はこうして笑っていられるんだから。

私が一人頷《うなず》いていると、王太子様は嬉しそうに笑った。

「リリアナ嬢も、私と同じ気持ちのようでよかった。それでは近日中に、家族を交えて今後の話し合いをすることにしよう。必ずやリリアナ嬢を幸せにしてみせるよ」

……幸せに？　一体どういう意味なんでしょうか？

いえ、それより王太子様！　そのとろけるような笑顔は反則です！

「――というわけなの」

数日後、王都のオリヴィリア邸で、私は王太子様とお話しした内容を家族皆に伝えた。

お父様とお母様、双子の弟妹《ていまい》ラディとレティ、侍女のエレンに加えて、今日は親友のミーナちゃんも遊びに来ています。医術の発達した国エルフィリアに留学していたミーナちゃんですが、少し前に帰国したんです。

私が話を終えると、お父様が身体をわなわなと震わせながら叫んだ。

「な、なんでそんなことになっているんだぁーーーーー!!」

……お父様は両手で頭を抱え、青ざめた表情を浮かべる。

「まぁまぁ、ルイスったら落ち着いてちょうだい。いつかこんな日が訪れることは、昔からわかっていたじゃない。むしろ私は、リリアナちゃんが十六歳を迎える前に、すべてがととのってお嫁に行っちゃうと思っていたわ。ちょっとばかり遅かったくらいよ。本当に、よかったわ」

お母様……そんなに早く私が結婚すると思っていたの？

それに、婚約がととのったわけじゃありませんから。あくまでも結婚話を進めるフリをするだけだって、ちゃんと説明したのに。

あっ、もしかして『早くお嫁に行って』という圧力なんでしょうか？

私はお母様の謎多き言葉を受け流すように、曖昧《あいまい》な笑みで誤魔化《ごまか》す。

そんな中、絶望いっぱいの表情を浮かべていたお父様が、珍しくお母様に反論した。

「……しかし、だからと言って、こんな強引な方法を取っていいわけがない！　純粋無垢《じゅんすいむく》なリリアナがいいように利用されて、絡めとられているだけじゃないか!!」

「そうは言っても、ルイスだって本当はわかっているんでしょう？　リリアナちゃんを任せるのであれば、誰が最適なのかって。それに、リリアナちゃんは前にこう言っていたわ。王太子殿下と結婚して、ゆくゆくは王妃になるのも楽しそうですねって。つまりこの件は、リリアナちゃんも望んでいること。リリアナちゃんなら、立派な王妃様になることができるわ。まぁ、とっても鈍《にぶ》いところは玉に瑕《きず》だけど」

お母様……それは冗談というものです。それに、鈍《にぶ》いって失礼ですよ。

もしかしてお母様は、本当に私と王太子様が結婚すると思っているんでしょうか？

急に不安になって、訂正しようと口を開きかけたのだけれど……

ふと向かい側の席を見れば、肩を落として何やらぶつぶつと呟《つぶや》き続けるお父様の姿。

「おっ、お父様……。大丈夫ですか？」

すると、可愛いラディとレティがお父様に駆け寄った。

「お父様、どうしてしょんぼりしているの？　せっかくお姉様と王子様の結婚が決まったのに……変なお父様。でもいいなぁ、お姉様。レティも大人になったら、お姉様みたいにあの王子様と結婚したいなぁ」

そう言って、瞳をキラキラと輝かせるレティ。まだまだ小さいけれど、恋する女の子みたいな表情をしています。

そうだよね、レティは王子様みたいなヴィンセント様に憧れているものね。

イクシオン公爵家のヴィンセント様は、初花《はつはな》の儀で私をエスコートしてくれた方。ダンスの練習にも付き合ってくれた、優しくて紳士的な青年です。

年が離れすぎているからヴィンセント様は難しいかもしれないけれど、いつかきっと、王子様みたいな男性が現れるよ。

微笑《ほほえ》ましくレティを眺めていると、お父様とラディが何やら不穏《ふおん》な表情を浮かべた。

「……お父様、僕も悔しいですが、お姉様がお嫁に行ってしまうのは……仕方のないことなのかもしれません。だって、こんなにも優しくて美しいお姉様なのだから……。ならば僕達にできるのは、可能な限り結婚式の日取りを延ばすことだけです！　それにお姉様だけじゃなく、レティだって早々に結婚を決めてしまうかもしれません。それだけは阻止しなくては……!!」

「ラディ、さすがはオリヴィリア家の嫡子だ！　それこそ、我々が今すべきこと！」

がっちりと握手を交わしているラディとお父様、頬を染めながらへにゃりと笑っているレティ。

なんだかカオスな状態になりつつあるよ……

「おっ、お母様どうしましょう……」

「放っておくのが一番よ、リリアナちゃん。……でも、さすがは王太子殿下ね。リリアナちゃんのことをよくわかっていらっしゃるわ。遠回しに言っても通じないでしょうし、正攻法で攻めても断りかねないし、いい策ね」

お母様はそう言って、艶《つや》やかに笑う。

……策？

さっきから、お母様の言葉の意図がわかりません。

困惑して視線をさまよわせると、どこか遠い目をしたミーナちゃんが目に入った。

あれ、そういえば今日はあんまり会話に入ってきてないよね？　ミーナちゃん、どうしたのかな？

「ミーナちゃん、大丈夫？」

体調が優《すぐ》れないのかと思って尋ねたけれど、ミーナちゃんは虚《うつ》ろな目をして大丈夫だと答えた。

そして――

「……リリアナちゃん、私はリリアナちゃんの親友だと自負しているわ」

「うっ、うん、私も、ミーナちゃんはかけがえのない親友だと思っているよ」

突然の言葉に、私は目を瞬《またた》かせた。一方のミーナちゃんは、視点の定まらない目でぶつぶつと呟《つぶや》きはじめる。

「ありがとう、リリアナちゃん。私達は親友だよね。……親友だからこそ、リリアナちゃんのことはきちんと理解していると思っていた。でも、それも勘違いだったみたい。リリアナちゃんは、いつだって私の想像のナナメ上を行くんだから。どうして、どうして……」

「ミ、ミーナちゃん？」

「リリアナちゃん、どうしてそんなに鈍《にぶ》いのぉーーーーーー!?」

ミーナちゃんはそう絶叫すると、頭を抱えてしまった。

「えっ、鈍《にぶ》い!?」

先ほどお母様にもそう言われましたが、ミーナちゃんまで！

「あらあら、リリアナちゃんから鈍《にぶ》さを取ったら、それこそリリアナちゃんじゃないわよ」

お母様、それ全然フォローになってないです！

「ミーナ、リリアナお嬢様が鈍《にぶ》いのなんて昔からじゃない。他人のことに関してはたまに鋭いけど、自分のことに関しては異常なまでに鈍《にぶ》い。それがリリアナお嬢様よ。平常運転だわ」

エレンも、同調しないでください！

うぅ、私って、そんなに鈍《にぶ》い……かな？

「……そこまで言うくらいですから、皆は私の話から王太子殿下の本意がわかったんですよね？

一体、なんのための策なんでしょう？」

そう言って詰め寄ると、ミーナちゃんは呆《あき》れたような表情で首を振った。

「リリアナちゃん、策も何も――王太子殿下の言葉には、なんの含みもないと思うよ。そのまんまの意味なんじゃないかな」

そのまんまの意味……。つまりは、ただ単に私と結婚したい……ということ？

次の瞬間、私は堪《こら》えきれず、つい噴き出してしまった。

私より家柄が良くて素敵なご令嬢はたくさんいますし、私と結婚してもメリットはさほどないでしょう。王太子様から好かれるような要素もありません。

「あはは、ミーナちゃんったらおかしい。もう、笑わせないでよ。王太子殿下が、私と結婚したがっているはずないじゃない」

私が胸を張って言うと、ミーナちゃんはポツリと呟《つぶや》いた。

「リリアナちゃん……可哀想……」

お母様とエレンも、私に憐《あわ》れみの視線を向けている。

うーん、もしかして三人は、私に同情してくれているのかな。

でも、私は納得した上で偽装婚約に協力しようと思っているわけだから、気を遣わなくてもいいのに。

さっきお父様が言っていたみたいに、利用されていると思うとモヤモヤは募《つの》りますが、そもそもこれは家族を助けてくれたことへの恩返し。

つまりは、ウィンウィンの関係！　問題なしです‼

私は皆を安心させるように、ニッコリ笑って見せる。

……とそのとき、廊下をバタバタ走る音が聞こえてきた。使用人達の慌てた声も響いている。

「何かあったんでしょうか？」

前にも、こんなことがありました。

あれは……お父様に冤罪《えんざい》がかけられ、私達家族の身柄を拘束しようと、多くの兵士が邸《やしき》に乗り込んできたとき。

そのときのことを思い出し、私はブルリと身体を震わせた。

幼いラディとレティも同じだったようで、青ざめた顔でお父様にギュッとしがみつく。お父様は二人を安心させるみたいに、小さな背中をぽんぽんと叩いた。それから優しい口調で語りかける。

「あのときのことを思い出したんだね？　大丈夫だ、安心しなさい。確かに慌ただしい様子がうかがえるが、あのときと違って怒号は飛び交っていないだろう？」

耳をすましてみると、お父様の言葉通り、不穏《ふおん》な気配はなさそう。

一瞬硬い表情を浮かべたエレンも、気を取り直したみたいに背筋を伸ばす。

「何があったのか確認してまいりますので、少々お待ちください！」

そう言い残し、エレンは勢いよく部屋を後にした。

それと入れかわりに、ふわふわ浮かぶ女の子が壁をすり抜けてやってきた。

(リリアナ、大変！　たいへーーん!!)

この小さな女の子は、光の精霊ルーチェ。

普通の人には視《み》えないけれど、私は精霊の祝福を受けたから姿を視《み》ることができるし、心の中で心話《しんわ》というやりとりをすることもできる。

「あら、光の精霊様ね。なんだか慌てているみたい」

そう言ったのは、お母様。ラディとレティも、ルーチェのほうに目を向ける。

お母様は、真実の眼という特別な力を持っているから、精霊の姿を視《み》ることができます。その力を受け継いだ、ラディとレティもね。もっとも、声を聞くことはできません。

(何が大変なの？　ルーチェ？)

珍しく大慌てなルーチェに、私は心の中で尋ねた。けれどルーチェが答える前に、部屋の扉がガチャリと開いて——

「ご領主様、大変でございます！　すごいお客様がいらっしゃいました!!　ほらっ、アル、ご領主様に説明なさい」

勢いよく部屋に入ってきたのは、エレンとアル君。

最近、オリヴィリア伯爵家で侍従見習いをはじめたアル君は、姉のエレンから背中をぐいぐい押されて、緊張した様子です。けれど、背筋を伸ばして口を開きました。

「……ご領主様に申し上げます。ご領主様とリリアナお嬢様に面会したいと、ローレリア司教様がいらっしゃいました」

アル君の告げた言葉に、私は頭が真っ白になった。

だってローレリア司教様といえば、王都ローレリアにある神殿を束ねているトップの人物！

つまり、シェルフィールド王国の神官で最も高位のお方です。そんなお方が縁もゆかりもない我が家を訪ねてくるなんて……！

どうしてローレリア司教様は我が家にいらっしゃったんだろう？

領主のお父様に用事があるのならまだわかるけれど、私にまで面会したいだなんて——

……あっ！

もしかして……最近、お祈りに行っていないから？

セイルレーン教には、週末、教会や神殿で祈りを捧げなさいという教えがある。必ず毎週末行かなくちゃいけないわけではないけど、王都ローレリアでは多くの人達が頻繁に祈りを捧げているみたい。

でも、私は王都に来てから何かとバタバタしていて、オリヴィリア邸に引きこもってばかりでした。

もしかして、そのことを咎《とが》めに来たとか……？

サッと血の気が引き、あわあわしていると、お父様が眉根を寄せて言った。

「ローレリア司教様が面会に……。わかった、すぐに会おう。応接間に案内しておくれ。決して、失礼のないように」

「「かしこまりました‼」」

エレンとアル君は、お父様に一礼して部屋を出ていく。

私はお父様の険しい表情に驚いて、思わず口を開いた。

「お父様、一体どうしたのですか？ なぜ、そんなに怖いお顔をなさっているんですか？」

すると、ラディとレティも不安そうな表情で声を上げる。

「お父様、何か心配事ですか？」

「お父様、本当に怖いお顔……そんな顔のお父様、レティ怖い」

可愛い弟妹《ていまい》達の怯《おび》えた様子に、お父様は少し表情を和らげた。

「すまない、怖がらせてしまったね。ローレリア司教様が訪れたと聞いて、つい……。とうとうセイルレーン教会が動き出したか……」

お父様はぶつぶつと呟《つぶや》きながらこちらにやってきて、ふわりと私を抱きしめた。

「……お父様？」

「リリアナ、何があろうとも私達は家族だ。大切なリリアナを必ず守ってみせるよ」

背中に回されたお父様の腕に、ギュッと力がこもる。

私は戸惑うことしかできなかった。

「お父様、本当にどうしたんですか？」

急にこんなことを言うなんて……

不安な感情に塗《ぬ》りつぶされそうになったとき、足元にドンと衝撃を受けた。

「お姉様だけお父様に抱っこされるなんて、ずるーい！　レティも、抱っこの仲間入りさせてよ!!」

「こらっ、レティ。お姉様が怪我したら危ないだろう。でも、仲間に入るのは賛成！」

（ルーチェも！　仲間外れにするなーー!!）

可愛らしい主張と一緒に、ピタリとくっついてくるラディとレティ、ルーチェ。

「まぁまぁ、私のことも仲間外れにするつもり？　もちろん私もリリアナちゃんを守るわ、何があろうともね。だって、私の可愛い可愛い娘ですもの」

お母様もそう言って、ラディとレティごと私を抱きしめてくれる。

優しいぬくもりに、不安が溶けていくのがわかる。

これから何が起こるのかわからないけど……皆がいれば、きっと大丈夫。

皆、本当にありがとう……

目頭が熱くなってしまい、涙を必死に堪《こら》える私。でも、ミーナちゃんの言葉で熱い雫《しずく》がぽろりと落ちた。

「リリアナちゃん。リリアナちゃんにはご家族だけじゃなくて、私やエレンもいるよ。皆、リリアナちゃんのことを大切に思っていて、守りたいと思っているんだから。それを忘れないでね」

「もう……皆して私を泣かせないでください。でも、ありがとう……」

私はそう言って、嬉し涙を流したのでした。

それから、急いで応接間に移動したお父様と私。心配して、お母様も一緒に来てくださいました。

ラディとレティは、ミーナちゃんと一緒に子供部屋で待機中。

私についてくる気満々だったルーチェにも、応接間には立ち入り禁止令を出しています。ローレリア司教様が精霊を視《み》ることができた場合、面倒なことにもなりかねません。

「ご領主様、ローレリア司教様がいらっしゃいました」

扉の外からエレンの声が聞こえてきて、お父様がどうぞと声をかける。

……どうしよう、緊張してきちゃった。

さっき泣いてしまったせいで、目がかなり腫《は》れぼったい。

きっと、赤くなっていると思うんだよね。

でも、そればっかりはどうしようもない。

シャンと姿勢を正すと、応接間の扉が開かれた。

部屋に入ってきたのは、豪奢《ごうしゃ》な法衣を纏《まと》った年配の男性と、二十代後半くらいの、見目麗《みめうるわ》しい男性。

……あれ？　あの男の人って――

「えっ！　シドさん⁉　ど、どうして、こんなところにいるんですかーーーーー‼」

思わずそう叫ぶと、シドさんは悪戯《いたずら》が成功した少年のようにニヤニヤと笑う。

「お転婆姫《てんばひめ》、成人おめでとう。でも大人の仲間入りをしたっていうのに、相変わらずお転婆《てんば》なままのようだ」

シドさんは、セイルレーン教会で査察官を務めています。悪事を見破るため、日々暗躍《あんやく》しているみたいなんだけど……どちらかというと、シドさんのほうが悪事を企《たくら》んでそう。悪魔みたいな一面があるというか……

だって、シドさんに会うときには大抵厄介な出来事がセットでついてくるんだもの。トラブルあるところにシドさんあり。

だから、できれば会いたくない人ナンバーワンなんだけどなぁ。

それにしてもシドさん……はじめてお会いしたときから、容姿がまったく変わっていません。

シドさんとの出会いは私が九歳になったばかりの頃だったから、七年も経っているのに。美魔女ならぬ美悪魔です。

そんな失礼なことを思っていると、ローレリア司教様がコホンと咳払いをした。

うっ……そういえば、司教様の前だったんだ！

「大変、失礼いたしました……」

謝罪を口にして頭を下げると、ローレリア司教様は恭《うやうや》しく頷《うなず》いた。

「いえ、こちらこそ、突然の訪問で失礼した。喜ばしい知らせが届き、それを一刻でも早く伝えたいと思いまして。……挨拶《あいさつ》が遅れましたな。この王都で司教を務めております、アイザック・チェイスと申します。そして私の後ろにいるのは、セイルレーン教会に属しているシド。まぁ、すでに顔見知りのようですが」

「ようこそ、おいでくださいました。ご挨拶《あいさつ》が遅くなりましたが、私はルイス・ル・ディオン・オリヴィリア。オリヴィリア領を治めております。隣におりますのが妻のアリスと娘のリリアナです」

お父様の言葉を受けて、私はこれ以上失礼を重ねないように気をつけながら淑女《しゅくじょ》の礼をとる。

一通り挨拶《あいさつ》が終わり、席についたところで、お父様は穏やかに切り出した。

「さて、本日は一体どのようなご用件で？　何か知らせがあるとのことですが」

お父様の問いかけに、司教様は立派な白髭《しろひげ》を撫《な》でつけながら言う。

「ええ、聖域よりよき知らせがありましてな」

それから豪奢《ごうしゃ》な法衣の懐《ふところ》をまさぐり、司教様は何かを取り出す。

なんだろう、巻物？

司教様は巻物の紐をゆっくり解き、私達の前でそれを広げる。

「聖域より、『オリヴィリア伯爵の娘リリアナ・ラ・オリヴィリア嬢を聖女として迎え入れる』との言葉が届きましてな。こうしてまいった次第です。我らは、あなたを歓迎いたしますよ、リリアナ嬢」

そう言って、私に頭《こうべ》を垂れるローレリア司教様。

えっと、確か今、聖女って言葉が聞こえたような……

聖女……聖女……って私がですか⁉

「ど、どういうことでしょう⁉」

思わず身を乗り出して、勢いよく尋ねてしまう。

いやいや、ありえないよ！

この世界において、聖女と呼ばれるのは、神の奇跡を起こした方のこと。

たとえば魔法の力で大火を鎮《しず》めて王都を火の手から守ったり、豊穣《ほうじょう》をもたらして飢餓《きが》に苦しむ人々を助けたり。すると、教会から特別な称号と位が与えられて、聖女や聖人と呼ばれるようになるんです。

歴史を紐解いてみても、聖女や聖人は、半世紀に一人いるかいないかくらいの稀少《きしょう》な存在。まさに、奇跡の人。

だからセイルレーン教会の総本山――聖域と呼ばれる神殿に保護され、そこで一生を終えることになる。その生が終わるまで奇跡を起こし続け、人々に崇拝され続けるというわけです。

そんな人生、絶対に嫌……！

そもそも私、奇跡なんて起こせませんよ!?

混乱しつつも、ローレリア司教様が広げている巻物をよくよく見る。そこには、古神語《こしんご》が並んでいました。

うっ……古神語《こしんご》は苦手なんだけどな。

神々と人がともにあった時代に使われていた古神語《こしんご》。今では、教会以外でほとんど使われなくなりました。

成人前、お母様からスパルタ淑女《しゅくじょ》教育を受けていたときに勉強しましたが、とにかく難しいんです！

目を凝《こ》らしてなんとか読み進めると、そこには確かに、私を聖域に迎え入れると書かれていた。

そんな……!! それって、もう決定事項なの!?

私が絶句していると、お父様が深い息を一つついて、話しはじめた。

「ローレリア司教様。我が娘リリアナは、まだ成人したばかりの未熟者。聖女様になれるほどの功績もありませんし、その器《うつわ》はないと思うのです。ですから、娘はどうか私の庇護《ひご》下《か》に置かせてください。……それに、リリアナはよき縁談がまとまったばかり。ローレリア司教様も、ご存知のはずでしょう？」

なるほど……

いくら司教様とはいえ、王太子様の婚約者を勝手に聖域へ連れていくのはまずいですよね。

あっ！　もしかして……

王太子様が私との結婚話を進めようとしていたのは、セイルレーン教会の動きを掴んでいたから？

そうしないとまずい事情があって、結婚式は早ければ早いほうがいいって言ってたよね。

パズルのピースがかちりとはまった気がして、私は一人頷《うなず》いた。

それと同時に、申し訳なさが込み上げてくる。

いつも周りの人達に守られてばかり……うぅ、頼ってばかりじゃいけません!!

私は深呼吸をして、司教様に向き直った。

「ローレリア司教様、身に余る光栄なお話、ありがとうございます。ですが父も申し上げた通り、私は何もなしたことのない、未熟者。私のような者が、聖女の称号をいただいていいはずがありません」

すると、ローレリア司教様はクスクスと笑いはじめた。

「何をおっしゃるのかと思えば、そんなことですか。功績なら、充分にあげていらっしゃるではありませんか。シェルフィールド王国は他国と比べて土壌が豊かですが、リリアナ嬢の提案した腐葉《ふよう》土《ど》で、より豊かになったと聞いています。それに、オリヴィリア領は不思議な魔法に包まれており、不作知らずだと聞いていますぞ。それはリリアナ嬢の魔法だとか」

えっ！　確かに腐葉土《ふようど》は広めたけれど……

私、そんな魔法使っていませんよ⁉

お父様のご先祖様を辿ると、シェルフィールド王国を守護する美と愛と豊穣《ほうじょう》の女神様に行きつきます。もしかしたら、お父様の血の恩恵で、オリヴィリア領には女神様のご加護があるのかもしれませんが……

私が呆気に取られる中、司教様の言葉は続く。

「また領民には智慧《ちえ》を与え、病《やまい》の者も奇跡の力で癒《いや》しているのでしょう？　リリアナ嬢の行《おこな》いに感銘を受けた者達は、国を越えて同じ活動に身を投じております。このようなこと、まだ年若い令嬢がたやすくできるとは思えません。まさに、奇跡の力。だからこそ、我々はリリアナ嬢を聖女として迎え入れることにしたのです」

えぇーーっ！

し、知らない間に、私の功績にされてしまったことがたくさん……！

学校や治療院を発案したのは私ですが、実際にそれを形にしたのは、お父様や領民の皆です。

私はぐっと手を握り、司教様に訴えた。

「司教様、今のお話は違います！　確かに私が発案したものはいくつかありますが、ただそれだけのこと——何かをなしとげたのは、父や領民達です。皆の力があってこそなのです！　私は、その功績を奪うようなことを、したくはありません!!」

皆のことを思い浮かべながら、そう力説する。けれど——

「いやはや、それは失礼した。しかし、皆でなしとげたというのは、素晴らしいことですな。さすがは聖女と認められるほどのお方。リリアナ嬢は、謙虚《けんきょ》で心優しい。やはり、誰よりも聖女にふさわしい」

うっ、ダメです。

私の言っていることが全然通じていないみたいです。

かくなる上は……王太子様の策に乗りましょう！

「——そのお言葉だけで、充分ですわ。それに……私は王家に嫁ぐことが決まっております。そのような身で、今回のお話をお受けするわけにはいきません！」

さっきみたいに、ローレリア司教様のいいように取られたら厄介ですからね。今度はきっぱりはっきりお断りです！

居住まいを正し、ローレリア司教様をまっすぐ見ながら言い切った私。

きっと、これで司教様にも私の真意が伝わったはず！

「ふっ、ふふ……」

少し間をあけて、ローレリア司教様は長い髭《ひげ》を震わせつつ笑い出した。

「……ローレリア司教様？」

意外な反応に、私は首を傾《かし》げる。すると——

「リリアナ嬢は、まったくわかっていないようですな。申し上げたはずです。聖域は『オリヴィリア伯爵の娘リリアナ・ラ・オリヴィリア嬢を聖女として迎え入れる』と。——教会の決定は絶対。何人《なんぴと》たりとも、それを覆《くつがえ》すことは叶わん！」

今までにこやかにしていた司教様は、突如、鬼のような形相になった。まるで人が変わったみたいに、ものすごい剣幕です。

思わずびくりと身体を震わせた私ですが、ここで怯《ひる》んでは、聖女になることが決定してしまいます。それだけは回避しなくちゃ！

「でっ、ですが、こちらから婚約のお話を反故《ほご》にすれば、王家の方々に顔向けできません……」

「なんと！　リリアナ嬢は王家を立て、セイルレーン教会を軽視するのか!!」

「そ、そうでは、ありません！　ただ、王家より私の家族にお咎《とが》めがあるのではないかと……事実、過去にそういう出来事があったと聞いております！」

遠い昔、王太子妃になることが決まっていながら、幼馴染《おさななじみ》と駆け落ちしたご令嬢がいたと聞いたことがある。するとご令嬢の家はその咎《とが》を受け、没落してしまったのだとか。

……クラウディウス殿下や現国王様、王妃様が我が家を咎《とが》めるとは思えないけど。ここは、とにかく司教様に引いてもらわなければ！

私は、困り果てた視線をローレリア司教様に向ける。司教様は、また表情をころりと変えて、にこやかに口を開いた。

「ふむ、なるほど。リリアナ嬢は、それを憂《うれ》いていたわけですか。なに、その心配は無用。シェルフィールド王家にも、ある人物が話を通す手筈《てはず》になっております。決してリリアナ嬢が心配するようなことにはならん。だからなんの憂《うれ》いもなく、ただ聖域へ向かえばよいだけなのです」

うっ……ダメだ！　まったく話が通じない!!

このままではまずいと焦っていると、絶対零度の凍《い》てついた声が聞こえてきた。

「王家に話を通す人物……。それは一体どなたなのでしょうか、ローレリア司教様？　まさかあの人なのでは……」

「……お、お父様？」

お父様のこんなに冷たい声、ほとんど聞いたことがありません。

どうやら何か心当たりがあるようですが――

すると、ローレリア司教様がクスリと笑った。

「そんなことを気にされて、どうする？　それよりも、リリアナ嬢の気になさっていた問題はすべて解消されましたぞ。これで、問題なく聖域に行くことができますね」

待ってください！

そもそも、聖域へ行くことが問題なんですってば！

「ローレリア司教様、私は聖域に行きたくな――」

「リリアナ嬢！」

正直な感情を吐露《とろ》しようとしたところで、司教様は冷たい声を上げる。

「まだ話を理解していらっしゃらないのか。言ったはずです。これは決定事項。何人《なんぴと》たりとも、セイルレーン教会の意志を覆《くつがえ》すことなどできないのです。セイルレーン教は、この世界すべての国で信仰されている教え。教会の決定に逆らうと言うのなら、リリアナ嬢だけでなく、家族やこの国が制裁を受けることになるのですぞ」

私だけではなく、家族や、シェルフィールド王国が制裁を受ける……？

そんな――!!

「リリアナ嬢。あなたの本来のお姿は、教会も把握しています。その至高の色こそ、聖女にはふさわしい。それなのに、至高の色を隠そうとするとは……嘆《なげ》かわしい。聖域に行けば、そんなことをしなくてもよいのですぞ」

本来の姿――まさか、髪と瞳の色のこと？

私は本来、お母様譲りの銀髪に、お父様譲りの紫水晶《アメジスト》色の瞳を持っている。

銀髪に紫水晶《アメジスト》色の瞳は、この世界《セイルレーン》を創り出した創造神様の纏《まと》う色。

かつて創造神様以外でその色をまとっていたのは、シェルフィールド王国でアルディーナ大公爵家を興《おこ》したアルディーナ様ただ一人。ちなみにアルディーナ様は、シェルフィールド王国始祖様の双子の妹君です。

神様の色とされているこの組み合わせを持っているとなると、厄介事に巻き込まれること間違いなし。だから私は普段、『幻影《げんえい》の仮面』を使って髪と瞳の色を変化させている。

この仮面は、カイウェル王国の天才鍛冶師《かじし》グエルさんが造り出したもの。

身に付けた者は、自《みずか》らが望む姿に変身することができるという素敵アイテムなんです。

もう何年もの間、人と会うときには髪と瞳の色を変えてきました。白金《プラチナ》色の髪と、淡紅《たんこう》色の瞳に――

昔を知っている人には、成長するにつれて色が変わったと言い通している。事実、成長につれて髪や瞳の色が変わる人もいるからね。

……それなのに、ローレリア司教様はどうして本来の色を知っているのだろう。

焦りが伝わらないよう平静を装《よそお》いつつ、私は考える。

そのとき、ふとシドさんと目が合った。

楽しそうな彼の表情を見て、ピンとくる。

そうか！　シドさんですね!!

シドさんは、私が幻影《げんえい》の仮面を手に入れる一部始終を見ていました。むしろ、教会が手にしたがっていた仮面を渡してくれた張本人。

それなのに、私の情報を教会サイドに売っていたんでしょうか？

シドさんをキッと睨《にら》みつけるが、彼はニマニマと笑みを深めるばかり。

くそぅ、シドさんめ！

思わず拳《こぶし》を握りしめていると、ローレリア司教様の声が響いた。

「リリアナ嬢、リリアナ嬢、きちんと話を聞いておるか？」

「あっ、はい！　失礼いたしました!!」

いけない、いけない。今は気を抜いちゃいけません。

意識を逸《そ》らしている間に、話を進められちゃ困るもの。

私はローレリア司教様に向き直る。司教様は、重々しいため息をついた。

「聖域に行けば、富も名声も手にできるというのに……。しかし、リリアナ嬢がそこまでして聖域に行くのを拒むというのであれば……リリアナ嬢の代わりを立てなくてはいけませんな」

「私の……代わりですか？」

思わぬ展開に、私は戸惑いの声を上げる。

「ええ、オリヴィリア家には、リリアナ嬢以外にも見目麗《みめうるわ》しい双子の兄妹がいるとか。特に男児のほうは、リリアナ嬢と同じく至高の色を持つと聞いております。月のごとく眩《まばゆ》い銀髪に、紫水晶《アメジスト》色の瞳。惜しむらくは、奥方の琥珀《アンバー》色を右目に引き継がれたことです。ですが、それでも充分、聖人として立つにふさわしい。リリアナ嬢がこたびの話を断るのであれば、代わりにその男児を聖人として迎えるまで――」

「そんな！　ラディを聖人になんて!!」

お母様譲りの銀髪を持つラディ。左目はお父様の紫水晶色《アメジスト》、右目はお母様の琥珀色《アンバー》を受け継ぎました。一方のレティは、お父様譲りの金髪に、ラディとは左右対称の目の色をしています。

まだ幼いラディにまで、話が及ぶなんて……

私がこの話を断り続ける以上、教会は何がなんでもラディを連れていこうとするでしょう。ならば、私が選ぶ道はただ一つ。

「……ローレリア司教様、約束していただきたいことがございます」

「なんですかな、リリアナ嬢？」

「……仮に私が聖域へ行くと約束した場合、可愛い弟妹《ていまい》達には決して手を出さないと誓っていただきたいのです。それから家族やこの国の人々にも、絶対に手を出さないでください！」

キッと前を見据えて言い切ると、お父様とお母様が焦ったような声を上げた。

「リリアナ!?」

「リリアナちゃん!?」

一方、ローレリア司教様は満面の笑みを浮かべる。

「もちろんです。お約束いたしましょう。あなたが聖域にお越しくださるなら、教会は何もいたしません」

ローレリア司教様の言葉に、私は大きく頷《うなず》いた。

「ローレリア司教様。私、リリアナ・ラ・オリヴィリアはセイルレーン教会の招喚に応じ、聖域にまいりましょう」

「なっ、そんなことは認めな――」

「決めたことです！」

反論の声を上げようとしたお父様の声を、私はぴしゃりと遮《さえぎ》る。

だけど、お父様はそう簡単には引いてくれなかった。

「ダメだ。絶対に認めない！」

眉根をギュッと寄せるお父様に、私はあらたまって頭を下げた。

「――お父様、お母様。いつも私を守ってくださって、ありがとうございます。ありがとうという言葉じゃ足りないくらい、私は助けられてきました……。でも、私はもう子供じゃないんです。私にも……家族を守らせてください。お願いします」

「リリアナ……」

「リリアナちゃん……」

「お父様とお母様のもとに生まれてくることができて、私、本当に幸せです。今まで私を育ててくれて、本当にありがとうございました。聖域へ行っても、皆のことは絶対に忘れません。そして、皆の幸せを祈り続けます……」

それしか道はないんだから……

こうなったら、聖女という名の任務をこなすつもりで聖域に行きましょう！

大丈夫、決して悲しいことばかりじゃないはずです。だから、笑え、笑うんだ私！

皆を安心させるため、必死に笑おうとする。けれど……頬を熱い何かが伝っていくばかりでした。


――ガタゴトと揺れる馬車の中で、私は手にした便箋《びんせん》をじっと見つめる。

「『お姉様、聖域に行っても、ラディやレティ達のことを忘れちゃダメですよ。今度、お父様におねだりして聖域に遊びに行きます。待っていてくださいね』――あぁ、もう！　何度読み返しても、本当に可愛い手紙です！」

便箋《びんせん》の拙《つたな》い文字をそっとなぞりつつ、可愛い二人の姿を思い浮かべて悶絶《もんぜつ》する。

うふふ、私の弟妹《ていまい》達は最強に可愛いです！

そのとき、私の妄想を邪魔する声が響いた。

「こらっ、お転婆姫《てんばひめ》。また飽きもせず、家族からの手紙を読みふけって！　人の話を聞いてないだろう！　今は重要な話をしているんだから、きちんと聞け」

ぴしゃりとそう言ったのは、向かい側の席に座っているシドさん。

私は頬を膨《ふく》らませて、抗議の声を上げた。

「そうは言っても、可愛いものは可愛いんだから仕方ないじゃないですか。可愛いは正義です！　シドさんだって、うちのラディとレティを可愛いと思うでしょ？　そんな二人からの手紙ですよ！

何度でも読みたくなるってものです！」

——ローレリア司教様が我が家を訪れたあと、話はとんとん拍子に進んでいき、私は追い立てられるように聖域へ向かうこととなりました。

聖域に行けば、二度とシェルフィールド王国に戻れないかもしれない。だから本当は、皆にゆっくりと挨拶《あいさつ》をしたかったのに、許してもらえませんでした。

そんな私に、王都にいる皆が励ましの手紙を書いてくれた。

皆からの心温まる手紙は、今の私にとって、一番の宝物。聖域への道中、暇さえあれば読みふけって、皆を思い出しているんです。

お父様、お母様、ラディ、レティ、ミーナちゃん、エレン——

他にも、これまでに出会った大切な人達の顔が浮かんでは消えていく。

……全員に、ちゃんと挨拶《あいさつ》したかったな。

私達家族を助けてくれた王太子様、初花《はつはな》の儀でお世話になったヴィンセント様、その妹君のフィオレンティーナ様、そして——ランスロット様。

ランスロット様の顔を思い浮かべると、胸がチクリと痛む。

本当にたくさんお世話になったのに、挨拶《あいさつ》もせずにいなくなるなんて、不義理をしちゃいました……

しょんぼり俯《うつむ》いていると、シドさんから頭をコツンと小突かれる。

私は大切な手紙を鞄《かばん》にしまい、前を向いた。

「痛いです、シドさん」

「一度、注意したのに、またもや自分の世界に行ってしまったお転婆姫《てんばひめ》が悪い。きちんと話を聞くんだったら、もう小突かないさ」

「……わかりました」

私は居住まいを正して、シドさんに向き直る。

「それで、お話というのは？」

「聖域までの順路を説明しておこうと思ってな。シェルフィールド王国を出て、もうすぐフィオス商業王国も抜ける。馬車に揺られてばかりで、お転婆姫《てんばひめ》も疲れただろう？」

シドさんの言葉に、私はしみじみと頷《うなず》いた。

聖域へ行くと決まったとき、私はてっきり、仰々《ぎょうぎょう》しい旅路になるのだと思っていました。

聖域が聖女や聖人を迎えるとき、各国がお祭りムードに包まれると聞いたことがあります。聖域へ向かう順路には豪奢《ごうしゃ》な輿《こし》や馬車が何台も続き、町ごとに歓迎を受けるのだと。

事実、過去の聖人や聖女達の伝記にも、そういった華々しい表現が並んでいます。

それなのに、いざ蓋《ふた》を開けてみると、シドさんと二人きりの旅路でした。

護衛代わりの彼と、ひたすら馬車に揺られ続ける旅――

私達が乗っている馬車も、どこにでもあるような普通の馬車です。

もっとも、ド派手に歓迎されながら旅路を進むのも嫌なので、この扱いに不満はないんだけどね。

私はふと窓の外に目を向けて、ぽつりと呟《つぶや》く。

「フィオス商業王国の王都は、賑《にぎ》やかでしたね」

この国の王都には、大切な友人のヴィオがいる。彼女は、フィオス商業王国の国王様に思いを寄せ、彼を追ってシェルフィールド王国を飛び出してしまったんです。

せっかくだからヴィオに一目でも会いたかったのですが、シドさんにダメだと一蹴《いっしゅう》され、今に至《いた》ります。

王都の宿には泊まったものの、寝て起きたらすぐに出発、そして早くもこの国を抜けようとしているなんて。

なんだか、何かに急《せ》かされているみたい。

シドさんは私の呟《つぶや》きには触れず、話を続けた。

「このあとは、ゲオニクス王国を抜けていく。注意を怠《おこた》らないようにな」

その言葉に、私は目を丸くする。

「な、待ってください、シドさん！　ゲオニクス王国を通るんですか⁉　どうして、わざわざ危険な順路を――」

ゲオニクス王国は、戦いの男神様が加護を授ける国。そのせいなのか、好戦的な性格の人々が多く、国内では土地を巡る紛争や国民同士の諍《いさか》いが絶えません。

セイルレーンの聖典は国同士の争いを禁じているので、ゲオニクス王国の皆さんが国外に争いをもたらすことはないのですが……

「ローダリア王国を通って向かったほうがいいと思います」

契約の女神様が守護するローダリア王国ならば、そこまで危険はないはず。危ない橋は渡りたくありませんからね！

けれど不安を感じて戸惑う私に、シドさんは事もなげに言う。

「いや、ダメだ。ゲオニクス王国を抜ける。なぁ、お転婆姫《てんばひめ》。大切なことを忘れているだろ？」

「大切な……ことですか？」

「お転婆姫《てんばひめ》の護衛は誰だ？　世界最強のシド・フィディールだぞ」

……世界最強って。自分で言っちゃうあたり、どうなんでしょう。

身体を思い切り引くと、シドさんは不思議そうな表情を浮かべた。

「お転婆姫《てんばひめ》、なんで今、俺から離れたのさ？」

「あぁ、ごめんなさい。ついドン引き……いえ、なんでもありません。それで、世界最強のシドさんが護衛だったら、何がどうなるんでしょう？」

半眼で尋ねると、シドさんは胸を張って言った。

「紛争の絶えないゲオニクス王国に行こうとも、お転婆姫《てんばひめ》は安心安全ってことだよ」

……その自信はどこから来るのでしょう。

教会の査察官として暗躍《あんやく》していることは知っていますが、腕が立つなんて話、聞いたことありません。

仮に最強だったとしても、この旅路は二人きり。はぐれでもしたら、私の安全は保障されません。

私は、深いため息をついた。

「なんだ、お転婆姫《てんばひめ》？　何か言いたそうだね」

「……ねぇ、シドさん。どうして護衛は、シドさんだけなんですか？　どうして……この旅路を急いでいるんですか？」

そう尋ねると、シドさんは悪戯《いたずら》を思いついた子供みたいに、ニヤニヤしはじめる。

「――急ぐ？　どうしてそう思ったんだい、お転婆姫《てんばひめ》？」

「以前、過去の聖人や聖女に関する伝記を読んだことがあります。皆さん、時間をかけて各国を通り、仰々《ぎょうぎょう》しく聖域へ向かったようでした。たった二人で聖域に向かった聖女様なんて、いませんでしたよ。……聖女の『せ』の字も出さない、二人きりの旅路。考えられるとしたら、人目を忍ぶ理由があるか、よほど急いでいるか――」

そこで言葉を切ると、シドさんは意地悪そうな顔をして言う。

「人目を忍んでいるのかもよ？」

「それなら、フィオス王国の王都は避けるでしょう。あれだけ賑《にぎ》やかな街で顔を隠すこともなく、宿に泊まったわけですから、別に人目を忍んでいるわけではありませんよね。――シドさん。ゲオニクス王国を通りたいのは、時間短縮のためですね？　ローダリア王国は確かに安全ですが、聖域へ向かう際は大きく迂回《うかい》することになります」

真剣な表情でシドさんを見つめると、彼は肩をすくめて答えた。

「……ご名答。一刻も早く聖域へ行かなければならない理由があるんだ。だが、その理由は言えない。いずれ、時が来たらすべてを教えてあげるよ」

どこか面白がっているようにも見えるシドさん。

私は眉根を寄せて、シドさんに反発する。

「理由は言えないけれど聖域へ急げ、だなんて納得できません。どうしても急ぐというなら、理由を教えてください。それができないのなら、順路の変更をお願いします」

けれどそのあと、私が何を言っても、ダメの一点張り。話はひたすら平行線で――結局、シドさんの意見を受け入れるしかありませんでした。


フィオス商業王国を抜けてゲオニクス王国に入り、休憩をはさみながらも、馬車で走り続けること数日。ようやく、王都までやってきました。

私とシドさんは馬車から降り、宿を取るために歩き出したわけですが……

「ここが、ゲオニクス王国の王都……」

目に飛び込んできた光景に、私は呆然としてしまう。

道を行き交うのは、荒《すさ》んだ空気を醸《かも》し出す、覇気《はき》のない人々ばかり。道のあちこちに力なく横たわる人がいて、その多くは年端《としは》もいかない子供達です。

以前、似たような場所に足を踏み入れたことがある。それは、シェルフィールド王国のスラム街。

「シドさん、もしかしてここは……ゲオニクスの王都のスラム街ですか？」

「いや、違う。こういった光景は、ゲオニクス王国ではよく見られるものだ。ほら、立ち止まってないで歩くよ、お転婆姫《てんばひめ》」

シドさんは、私の背中を押しながら言う。促《うなが》されるままに足を進めるけれど、シドさんの言葉に胸が締めつけられた。

よく見られる光景ということは――スラムでもないのに、街中《まちじゅう》がこんな様子なんでしょうか。

大通りを抜けた先、少しでも街の空気が変わらないかと願っていたが、どこを歩いても重い空気が漂《ただよ》っていた。

「……争いが絶えないから、この国はこんなにも荒《すさ》んでいるのですか？」

「ああ、その通り」

常に、何かを争っているゲオニクスの人々。

男性は兵士として駆り出されるため、働き手が不足しているという。

田畑は荒れ果て、いつも食料が不足している。いくつか通りすぎた露店に並んでいたのも、痩せた野菜や硬そうなパンばかり。肉や果物はほとんどなかった。

王家からの配給や支援もあるんだけど、それさえもが争いの種になるみたい。物資を巡る領地間での諍《いさか》いも絶えず、悪循環に陥《おちい》っているんです。

そんなことをする暇があったら、少しでも生産性が上がることをすればいいのに……

私には、この国の皆さんの考えがわかりません。

「……王都のこの状況を見て、争いをやめようとは思わないんでしょうか」

王都で、この有様なんです。王都から離れた地や、王家の配給が届かない地はどうなっているのだろう。

想像してみるけど、惨状しか浮かばない。私は身体をブルリと震わせた。

「――こんな有様でも、ゲオニクス王国は争いをやめない。それは、この国の宿命みたいなものだ」

「宿命って……そんな宿命、あってたまりますか！」

シドさんの言葉に、私は思わず大声で反論する。

「こらこら、お転婆姫《てんばひめ》、落ち着けって。この国ではな、事故や天災で命を落とすことはめったにない。ほとんどの国民が、戦《いくさ》か寿命で命を落とすんだよ」

「……戦《いくさ》か、寿命？」

「ああ。洪水もなければ、大火もない。何より、瘴気《しょうき》が発生したことがない」

「っ!!」

そんな、まさか！

かつて、シェルフィールド王国のオリヴィリア領も瘴気《しょうき》に襲われました。たくさんの人が病《やまい》に倒れ……命を落とした人もいます。瘴気《しょうき》には薬も魔法も効かず、治療方法もないんです。瘴気《しょうき》に対抗するべく、オリヴィリア領では治療院を創設しました。治療師のレオーネさんを筆頭に、一人でも多くの命を助けたいと思い、環境を整えてきましたが……いまだ治療法は見つかっていません。

ただし、予防法なら見つかりました。

この世界にたびたび発生する瘴気《しょうき》は、前世の世界で言うところの風邪やインフルエンザに似ている。瘴気《しょうき》が発生したとき、マスクを装着して室内の湿度を保つようにしたところ、その効果が見られたんです。

人々が最も恐れる、瘴気《しょうき》。

どの国でも等しく発生していると聞いたけど……

「天災がなく、瘴気《しょうき》も発生しないだなんて……偶然じゃないんですか？　たまたま、ここ数年は落ち着いているとか……」

どうしても信じられず尋ねると、シドさんは首を横に振った。

「いや、千年近くの間、そういったものとは無縁だよ」

「せっ、千年!?」

それって、逆におかしくないですか⁉

あっ！

もしかしてシドさん、私のことをからかってますか？

「シドさん、さすがの私も、そんな嘘には騙《だま》されませんよ！」

唇を尖らせて詰め寄ると、シドさんは呆《あき》れた様子で答えた。

「本当の話だよ。ゲオニクス王国では、千年ほど瘴気《しょうき》や天災による死者が出ていない。さっきも言った通り、この国の国民は皆、戦《いくさ》か寿命で命を落とす。病《やまい》にかかる者もいるが、ほとんどが戦《いくさ》に関連する病気だ。まるで、戦いの男神様が背負わせた宿命のようにね。……まぁ、信じられないのなら、信じなくてもいいよ」

そのときふと、私の頭にある人物が浮かんだ。

『災厄《さいやく》を回避すべく行動すれば、確かに死の運命から逃れられる人がいる。でもその人達のかわりに、新たな死者が生まれるのよ――いくら災厄《さいやく》を回避しようとしても、形を変え、それは必ず起こってしまう。逃れる術《すべ》なんて、絶対にないの』

かつてそう言っていたのは、過去を視《み》る力を持つ少女。治癒や予言、音楽といった加護を受けているエルフィリア王国で出会った、シンシアさんだ。

災厄《さいやく》は、回避不可能。そして『死者が入れかわる』ことはあっても、『誰かが死ぬ運命』は絶対に覆《くつがえ》らない。

そこでシンシアさんは自《みずか》ら災厄《さいやく》を起こし、自身の大切な人を守った。誰かが代わりに命を落とせば、大切な人は危険な目に遭《あ》わないから。

ひょっとすると、災厄《さいやく》で命を落とす人々の数は、あらかじめ決められているのかな……？

ゲオニクス王国に災厄《さいやく》が起こらないのは、その決められた数の命が戦《いくさ》で失われているから？

辿り着いた答えに、私は身体を震わせた。

もし私の推測が正しいとすると、ゲオニクスが戦《いくさ》をやめたとき、この国で災厄《さいやく》が起こるようになる。それまで戦《いくさ》で失われてきた命は、結局、別の形でまた失われていくのでしょう。

そんな……そんな悲しい運命、あっていいはずがない。

私は考えを打ち消すように、頭を大きく左右に振る。

すると次の瞬間、腰のあたりに衝撃を受けて、身体のバランスを崩してしまった。

「きゃっ⁉」

「おっと、危ない、お転婆姫《てんばひめ》」

倒れる寸前、シドさんが身体をぎゅっと支えてくれる。

「うぅ、シドさん、ありがとうございます……」

考えごとをしながら歩くのは危険ですね。何かにぶつかってしまったみたい。

地面に目を向けると、尻餅をついた小さな男の子の姿が目に入った。

六歳前後で、明るい茶色の瞳に、パサついた黒髪。身体はあまりにも痩せ細っていて、私は目を剥《む》いてしまう。

私のせいで、男の子が怪我していたらどうしよう……！

「ご、ごめんなさい、怪我はない？　大丈夫？」

私は、慌てて男の子に手を差し伸べた。

けれど男の子は私の手を取ることなく、無言で立ち上がる。そして私に背を向け、走り去ってしまった。

「……走れるってことは、大丈夫なんでしょうか？　それにしても、心配です」

そう呟《つぶや》くと、シドさんが呆《あき》れた様子で口を開く。

「心配なら、自分の心配をしたほうがいいと思うぞ」

「えっ、自分の心配ですか？　私は別に怪我もしていませんが……」

衝撃を受けた腰のあたりも、特に痛くない。シドさんが支えてくれたから、転んで怪我をすることもなかったし――

「いや、怪我の心配じゃなくて、荷物の心配だ。さっきの小僧、お転婆姫《てんばひめ》にぶつかった隙をついて、鞄《かばん》の中から荷物をくすねていたぞ」

「えっ!?　荷物ですか!!」

急いで鞄《かばん》の中を確認すると、とてもとても大切なものがなくなっていることに気づく。

「あぁーーーーーー!!　皆からの大切なお手紙がなぁーーい!!」

公共の場だということも忘れて、私は絶叫する。

「な、なんで、お手紙がなくなっているんですか⁉　お、お財布は無事なのに‼　盗んだって、どうしようもないのに‼」

「大切にしまいすぎていたからだろう。手紙が濡《ぬ》れたり破れたりしないように、財布よりも上等な布袋に入れて。あの小僧は、財布と勘違いしたんだろう。まったく、お転婆姫《てんばひめ》もこれに懲《こ》りて、きちんと身の回りの管理をするんだぞ。そうじゃないと、次こそは財布を――」

「シドさんのバカぁーー！　気づいていたんなら、止めてくださいよ‼」

私はシドさんの言葉を遮《さえぎ》って、怒りを爆発させる。

シドさんにとっては、皆からのお手紙なんて価値のないものかもしれませんが――私にとっては、かけがえのない大切なものなんですよ！

「早くあの子から取り戻さなくちゃ‼」

あの男の子が中身を確認したら、間違いなくどこかに捨ててしまうでしょう。そうなると、見つけられる可能性もぐんと下がります。

私はくるりと振り返り、少年が走り去った方向へ走りはじめる。

「あ、こら待てっ、お転婆姫《てんばひめ》⁉」

シドさんの制止を振り切り、全力疾走したのだけれど――

先ほどの男の子の姿は、まったく見当たらない。

どうしよう。あの手紙は、私の心の支えなのに……

肩で息をしながら立ち止まり、その場でしゃがみ込む。

あの男の子を探す方法は、他にないかな？

しばらく考え込んでいた私だけど、ハッと思い出す。

そうだ、私には魔法があるんでした！

「……はぁ、はぁ。どうか、お願いです！　皆からのお手紙の場所を、教えてください!!」

そう詠唱《えいしょう》すると、私の人差し指から赤い糸が現れた。その糸はするすると伸びていく。

「なんだろう、この糸……。もしかして、この糸の先にお手紙があるのかな？」

立ち上がって首を傾《かし》げると、背後からシドさんの声が聞こえた。

「おそらくそうだろう。お転婆姫《てんばひめ》の思いが強いせいか、やたら太い糸だな」

どうやら私を追いかけてきたみたい。こっちは肩で呼吸をしていたのに、シドさんは息一つ乱していません。

それにしても……

私は指先から伸びる糸を見て、クスクス笑う。まるで運命の赤い糸みたい。小指じゃなくて、人差し指から伸びているけど。

私はシドさんと一緒に、その糸を辿っていった。

糸は、大通りから逸《そ》れて細い裏道へと伸びていく。

うん、これじゃあ、男の子がなかなか見つからなかったことにも納得です。魔法がなかったら、間違いなく見失っていたよ。

やがて行き止まりの細い道に入ると、そこで糸はふっと消えた。

私達の目の前には、先ほどぶつかってきた男の子の姿がある。

彼はこちらに背を向けて座り込み、俯《うつむ》いて何かをしているみたい。私やシドさんの存在には気づかず、ぼそぼそと呟《つぶや》いた。

「なんだよ……金じゃない。こんなたいそうな袋に入っているから、てっきり高価なものだと思ったのに……。まぁ、この布は金になるか……。紙も裏面は使えるし、売り払えば少しは金になるかも……」

男の子は、どうやら私から盗んだ品を物色していたようだ。

売り払うなんて……そんなことは絶対にさせませんせん!!

「ちょっと、待ったぁーー!!」

私が叫ぶと、男の子の身体がビクンと跳ね上がる。

彼はおそるおそるこちらを振り返り――私の顔を見て、「なぁんだ」と息を吐いた。

えっ！　どうしてその反応!?

普通、品を盗まれた私が目の前にいるんだから、慌てるところだよね？

なのに、男の子はどこか安堵《あんど》した様子です。

彼の反応に違和感を覚えつつ、私は気を取り直して口を開く。

「君、その紙の束を返してくれないかな？　それはね、私にとってすごく大切な手紙で、かけがえのないものなの。だからお願い、返して……」

男の子に話しかけていると、目頭が熱くなってきた。

涙を堪《こら》えながら懇願《こんがん》する私に、彼は気まずそうな表情で近づいてきた。そして、手にしていた手紙と布袋を差し出してくる。

……よかった！

それを受け取った瞬間、ぽろりと涙がこぼれた。

これから私は、聖域に行く。そして聖女になれば――皆には、二度と会えないかもしれない。

手紙のやりとりだって、自由にさせてもらえるかわからない。

だから、この手紙は私にとってすごく大事なんです。

「返してくれてありがとう。……これはね、私にとって、本当に大切なものだったの。……ねぇ、君。もう二度と、人のものを盗んじゃダメだよ。……じゃあね」

目的は達成したので、私はシドさんに目配せをしてこの場を後にしようとする。すると、男の子が目を見開いて言った。

「……殴ったり蹴ったりしないのか？　大抵の奴らは、俺が盗人《ぬすっと》だと知ると、殴ったり蹴ったり、俺が動けなくなるまでボコボコにするのに……。なぁ、どうして？」

痩せこけたその男の子は、心底不思議そうな顔をしている。

その反応に、私はぎょっとしてしまった。同時に、とても悲しい気分になる。

この子にとって……人から殴られたり蹴られたりすることは、普通のことなんだ……

「シドさん、確かに盗みはいけないことです。ですが、まだこんなに幼い子に暴行を加えるなんて……許されることではないと思います」

悲しみを堪《こら》えながら言うと、シドさんは小さくため息をついた。

「そうだな。だがゲオニクス王国では、子供による窃盗《せっとう》は日常茶飯事《にちじょうさはんじ》。いちいち裁きの場へ連れ出していたら、キリがない」

「っ！　ですがっ……」

「お転婆姫《てんばひめ》、ここはそういう国なんだ。内戦が絶えないがために、両親を失った戦災孤児も数多くいる。そんな子供達の中には、路上で暮らすことを選び、盗みを働いてなんとかその日を生きようとする子もいる。そこの小僧も、そうなんだろう」

シドさんの言葉に、男の子が身体を小さく震わせる。どうやら、図星だったみたい。

「……シドさん、ゲオニクスの王家は、この現状をどうにかしようとは思わないのですか？　たとえば国をあげて孤児院や養護院を作ったり、路上で暮らす子供達を保護したり……国が内戦を止められない以上、その犠牲者に報《むく》いるのは義務だと思います」

「――保護はしている。ただ、お転婆姫《てんばひめ》が想像しているような保護とは違うがな」

「どういうことですか？」

「国にとって、窃盗《せっとう》を働いて治安を乱す戦災孤児は厄介者なんだ。だからこの国では、戦災孤児の保護という名目で子供達を孤児院に入れる。ただ孤児院とは呼ばれていても、実状は監獄のようなものだ。与えられるのは、必要最低限……いや、それさえも下回る暮らし。孤児院では、人知れず多くの幼い命が失われている。だから、誰も孤児院には行きたがらない。子供達の間では、孤児院の保護官を『狩人《かりゅうど》』と呼んでいるそうだ。そうだろ、小僧？」

シドさんの問いかけに、男の子はおずおずと頷《うなず》いた。

孤児院の話が出てから、彼の顔色はどんどん悪くなっていく。その様子から、孤児院に保護されることを本当に恐れているのだとわかった。

……盗んだ品を物色していた彼に声をかけたとき、私の顔を見て安堵《あんど》の表情を浮かべました。あれは、私が保護官じゃなかったことに安心したんだね。

そんな風に、怯《おび》えながら暮らしていくしかないなんて……

絶対に許せない。

わなわな身体を震わせる私に、シドさんが声をかけてくる。

「どうした、お転婆姫《てんばひめ》？」

「……どこまでも腐っているんですね、このゲオニクス王国は!!」

私は、思わずそう叫んでしまった。

子供達だって、望んで戦災孤児になったわけじゃない。望んで路上で暮らし、盗みを働いているわけじゃない。

それなのに、未来ある子供達を劣悪《れつあく》な環境に押し込めようとするなんて！

「……セイルレーン教会の関係者であるシドさんがそこまでご存じなら、当然、教会の方々もこの現状を把握しているんですよね？　セイルレーン教会は、この国への対策を考えないのですか？」

怒りのあまり、つい棘《とげ》のある口調で尋ねる。

すると、シドさんは肩をすくめて答えた。

「お転婆姫《てんばひめ》も知っているだろう？　すべての国はセイルレーン教を信仰している。その教えを守っているからこそ、各国は争うことなく平和が保たれているんだ。ゲオニクス王国もまたその教えに従っている。内紛は絶えないが、他国を侵攻しているわけじゃないからな。教えに従っている以上、セイルレーン教会がゲオニクス王国の内政に口を出すことなんてできないよ。絶対の中立を誓う聖域の教会が干渉すれば、それこそ教えに背きかねない」

確かに……ゲオニクス王国に介入すれば、他国への不可侵を破ったと言われても仕方ありません。教会がそのような行為をするわけにはいきませんよね。

それでも、私はこの国の現状をなんとかしたい。

……すごく偽善的で、独善的な考えかもしれない。だけど、路上で暮らす子供達を放っておくわけにはいきません！

「シドさん。私、決めました！」

「……何を決めたっていうんだ、お転婆姫《てんばひめ》？　まぁ、嫌な予感しかしないが……」

「私、聖女になったら、この国をなんとかしようと思います！」

胸を張って宣言すると、シドさんは呆《あき》れた顔をした。

やむにやまれず聖女のお役目を引き受けましたが、この先の人生はまだまだ長いもの。

もうこうなったら、聖女という立場をとことん利用して、私が思う道を進みましょう！

私は男の子に視線を合わせて、問いかける。

「ねぇ、君。よかったら私と一緒に来ない？」

「えっ⁉」

呆気に取られた表情を浮かべる男の子。

まぁ、そうだよね。突然そんなことを言われたら、誰でもびっくりすると思う。

今の私では、この国の子供達全員を助けることは到底できない。そんなの、この先だって無理なことかもしれないけど……

たまたま今日出会ったこの子だけでも、助けたい。

まずは、そこからはじめたい。

「あの……どこに行くの？」

男の子は、視線をさまよわせて戸惑っている。

「聖域だよ。君にはこの先、きっといい未来が待ってる。だから、一緒に行こう！」

決意に燃えて男の子に詰め寄る私。すると、シドさんが呆《あき》れた様子で言う。

「お転婆姫《てんばひめ》、さっき言っただろう。教会は介入しないと」

「もちろん、わかっています！　でもシドさん、セイルレーン教会の教えは案外緩いんですよ」

私の言葉が意外だったのか、シドさんは珍しくキョトンとしている。

「聖典にはこうあります。『人が国境を越え、争うことを禁じた』と。それ以外で禁じられているのは、神々の名前を呼ぶことくらい。考えてみたら、かなり緩い教えですよね」

「いや、まぁ……」

「聖典は、困っている人に救いの手を差し伸べるな、とは言っていません。だったら、支援する分には問題ないでしょう？」

「それを介入と言うんじゃ……」

「いいえ、介入ではありません！　れっきとした人道支援です。そう、証明してみせます！」

高らかに宣言すると、シドさんは額に手を当てた。

「またお転婆姫《てんばひめ》は……。まぁ、ゲオニクス王国の命…………界……少ないから、問題はないか」

「なんですか、シドさん？　ぼそぼそ言ってたんじゃ聞こえません。文句があるならはっきりと言ってください！」

シドさんの言葉は聞き取れませんでしたが、どうせ私の悪口でも言っていたんでしょう。

鋭い視線を投げかける私に、シドさんはため息をついた。

「文句なんて言ってないよ。……まぁ、いいんじゃないのか。ただし、ゲオニクス王国限定だ。他の国にもそうやって介入してはいけない。そのときは、お転婆姫《てんばひめ》を全力で止めるからな」

シドさんは、急に真剣な表情を浮かべて、私をじっと見つめてくる。その力強い眼差《まなざ》しに怯《ひる》みそうになったけれど、なんとか視線を合わせる。

「シドさん、この世界をお創りになった創造神様は、かつて争いを嘆《なげ》いていらっしゃいました。人同士の争い、人と神との争い……そして神様が地上へ降り立つことを禁じ、人が争うことを禁じました。……そんな創造神様が、ゲオニクス王国の内紛をよしとするでしょうか？　きっと、嘆《なげ》かれているんじゃないかと思うんです。だから私は――」

「わかった、わかったよ」

シドさんは私の言葉を遮《さえぎ》って、頭をくしゃりと撫《な》でてくれた。

私は男の子に向き直り、改めて言う。

「私は、リリアナと言うの。君も、一緒に聖域へ行こう！」

それから手をまっすぐに差し出した。

男の子の瞳には、まだ戸惑いが色濃く宿っている。けれど彼は少し視線をさまよわせて――

私の手のひらに、その小さな手を重ねたのでした。

◇
◆
◇

俺の名前はブラッド。

……あるときまでは、ブラッド・デイビスと呼ばれていた。

俺が生まれたゲオニクス王国では、いつだって争いごとが絶えない。それは、戦いの男神様がこの国を守護しているからだという。

昔、年老いた祖父《じい》さんがそう教えてくれた。

――俺には、物心ついたときから祖父《じい》さんしかいなかった。

父親は、俺がまだ母親のお腹の中にいるときに戦死したらしい。

母親は俺を生んですぐ、戦火から逃げる途中で死んだそうだ。俺はその母親に守られて生き残り、祖父《じい》さんに引き取られたんだ。

祖父《じい》さんとの暮らしは、決して余裕があったわけではないけど、穏やかで幸せなものだった。

両親の顔も覚えていない俺に、祖父《じい》さんはいろんな話をしてくれた。

父親の話、母親の話、そして自分自身の話――

この国では祖父《じい》さんが物心ついた頃から戦《いくさ》が絶えず、一度たりとも平和だったことはないらしい。

祖父《じい》さんみたいに長く生きられることは珍しく、若くして命を落とす人も多いという。

だから、この国を出よう。

穏やかな気性を持つ神様が守護する国に、移住しよう。

そうすればきっと、幸せになれる。神様が俺達のことを幸せにしてくれる。

祖父《じい》さんは、よくそう言っていた。そして最後は必ず、『両親の分も長生きするんだ』と締めくくった。

だが祖父《じい》さんは年だし、当時の俺はまだ四歳。

そんな二人が他国で暮らしていくのは、難しいだろう。だから祖父《じい》さんが俺を連れて国を出ることはなかった。

ある日、俺と祖父《じい》さんの穏やかな日々は突然終わりを告げた。

田畑を耕《たがや》していた祖父《じい》さんが、賊《ぞく》に襲われたんだ。戦《いくさ》が絶えず、食料や物資が不足しているこの国には、賊《ぞく》も多い。

祖父《じい》さんはあっけなく命を落として俺は一人になり、ブラッド・デイビスからただのブラッドになった。

遠い親戚とやらに引き取られたものの、それは家族としてではなかった。

働き手として、朝から晩まで働かされる。何か失敗すると、殴られたり蹴られたりした。

それを見たその家の子供達は、意気揚々《いきようよう》と親の真似をする。

奴隷のような扱いを受けながら、俺は考えていた。

俺のことを殴るこいつらだって、いつ同じ目に遭《あ》うかわからない。

この不安定な国で、死はすぐ隣り合わせにある。親が死ぬことも、自分が死ぬことも、さほど珍しいことじゃない。

なぜ、こんな国に生まれたんだろう。

なぜ、俺は生きているんだろう。

祖父《じい》さんや父さん、母さんは――なぜ俺を一緒に連れていってくれなかったんだろう。

人は死ぬと、天の国か地の国へ行くという。

三人は、天の国へ行けただろうか。――地の国は、罪を犯した者が堕《お》とされる場所。祖父《じい》さんも両親も、罪なんて犯していないから、きっと天の国にいるはずだ。

地の国では、罪を償《つぐな》うために厳しい責め苦を味わわされるという。けれど、この人間界での暮らしのほうがよほど辛いと思う。

奴隷のように、殴られ、蹴られ、蔑《さげす》まれる日々。

死んだほうがマシなんじゃないかと思うことも、少なくなかった。

そんな中、思い出すのは祖父《じい》さんの口癖だ。

『両親の分まで長生きするんだ』

その言葉が浮かぶと、生きなくてはいけないと思った。

――生きなくてはいけない。

そのためには、こんなところにいちゃいけない。

やがて俺は、遠い親戚の家から逃げ出すことにした。

行き先は、王都。

王都に行けば、俺のような子供でも働き口があるかもしれない。王都には多くの人が集まると、祖父《じい》さんも言っていた。

荷馬車に隠れて息を潜《ひそ》め、町から町へと移動する。それを何度も繰り返し、ようやく王都に辿り着いたとき――

俺は絶望した。

そこには、俺みたいな子供がいっぱいいたんだ。その誰もが暗い目をしていた。

――王都でも、戦災孤児は幸せになれない。

だけど俺は、生きるために盗みを働き、路上で暮らすことを選んだ。盗みがバレるとひどく殴られるが、奴隷みたいに生きるよりはマシだと思った。

やがて同じような境遇の仲間ができて、『狩人《かりゅうど》』の存在を知った。

戦災孤児を保護して、孤児院へ連れていく奴ら。保護官って言うらしいけど、その正体は悪魔みたいなものだ。

孤児院の暮らしは、どこよりも辛い。

ろくに食料も与えられず、激しい折檻《せっかん》に耐えながら死を待つだけの場所。逃げ出そうとしても大抵は失敗して、もっとひどい折檻《せっかん》を受けることになる。

絶対に、そんな奴らに捕まりたくない。

だが、仲間の何人かは『狩人《かりゅうど》』に連れていかれてしまった。

俺も、いつ捕まるかわからない。

そんな不安を抱えながら盗みを働き、暮らしていたある日――

俺は、運命の出会いを果たした。


「――まったく急いでいるっていうのに、お転婆姫《てんばひめ》は変にやる気を出して子供を拾うし、困ったもんだ。この先、不安しかないよ」

「シドさんったらひどいです！　あの状況でこの子を見捨てることなんて、できません！　そんなの、血も涙もない悪魔ですよ!!　人間じゃありません!!」

「あはは、そもそも俺、人間じゃないしさ」

「もう、そうやって茶化さないでくださいよ、シドさん!!」

頬を膨《ふく》らませて怒っているのは、リリアナって言う綺麗な姉ちゃんだ。

盗みを働いた俺を大して咎《とが》めなかっただけじゃなく、手まで差し伸べてきた。

――そんな人間、この国にはいなかったのに。

俺にとっては、姉ちゃんこそ人間じゃないと思う。

よくよく話を聞くと、姉ちゃんは聖域に行って聖女になるらしい。神様に特別愛されて、奇跡を起こしてくれるのが聖女だ。

なぜか姉ちゃんは、聖域に俺を連れていってくれるという。

半信半疑だったけど、姉ちゃんは俺のことも馬車に乗せて王都を出発した。

正直なところ、最初はちょっとビクビクしてた。突然、どこかの村や町に置き去りにされたりしないかって。

だけど、姉ちゃんは驚くほど甲斐甲斐《かいがい》しく俺の世話を焼いてくれた。

馬車の旅がはじまってしばらく経ったとき、連れの兄ちゃんがしみじみと言った。

「小僧、すっかり餌付《えづ》けされたな」

このシドって言う兄ちゃんは、姉ちゃんの護衛らしい。それなのに、姉ちゃんにも俺にもかなり気安い口調で話しかける。

……まぁ、あまりかしこまった口調で喋《しゃべ》られても困るんだけどさ。

それにしても、餌付《えづ》けって……

「血色もかなりよくなったし、まぁいいか」

兄ちゃんの言葉に、姉ちゃんは嬉しそうに笑う。

「シドさんもそう思いますか？　ブラッド、もっといっぱい食べて、早く元気になるんですよ!!」

そう言われても、今だって充分に食べていると思う。

食料が不足しているこの国で、手に入る食材はかなり限られてしまう。品によっては、目玉が飛び出るほど高額のものだってある。

そんな食材の中から、姉ちゃんは比較的安くてまずい食材をいつも購入する。そして宿屋に行くと、俺に料理を作ってくれるんだ。

姉ちゃんが作るのは、今まで食べたことがないくらい美味《おい》しい料理ばかり。

あのまずい食材から、どうしてこんなものが作れるのか不思議でならない。まるで、姉ちゃんが魔法をかけてるみたいだ。

「……いっぱいって言われても、充分食べてるよ。俺には多すぎるくらいだ」

姉ちゃんにそう言うと、少し悲しそうな顔をして言った。

「あんなに少ない量しか食べていないのに……遠慮しないでください！」

「遠慮なんかしてないよ。そもそも、毎日食べられるってだけで充分なのに――」

「っ！」

次の瞬間、姉ちゃんは俺のことをきゅっと抱きしめた。

俺は慌てて身体をよじる。

「なんだよ、小僧？　照れてるのか？」

意地悪そうに笑ってる兄ちゃんに、俺は声を荒らげた。

「なっ！　こ、子供扱いすんな！　小僧、小僧って……俺をいくつだと思ってるんだよ？　俺はとっくに八歳なんだ、もう子供じゃないぞ！」

するど、姉ちゃんは目を丸くして身体を離した。

「ブラッドが八歳だったなんて……。それなのに、こんなに身体が小さいんですか……？」

姉ちゃんは悲しそうに言うけど、この国の子供は皆これくらいの体型だし、別に気にすることじゃない。

「……姉ちゃん、そんなに俺に気を遣わないでよ」

俺がぽつりと漏《も》らすと、姉ちゃんは首を横に振った。

「ブラッド、八歳も立派な子供なんですよ。いっぱい甘えて、いっぱい食べて、大きくなっていくのが子供なんです！　子供が遠慮しちゃダメですからね！」

「でも俺……盗みも働いてたし、悪いこともしてたし……甘やかしてもらえる資格なんて――」

俯《うつむ》きながら本音を漏《も》らすと、姉ちゃんは俺の言葉を遮《さえぎ》った。

「ブラッド！　何、馬鹿なことを言ってるんですか！　甘やかされることに、資格なんて必要ないんです。ブラッドは、これからすくすく成長していって、幸せになるんですから！　人生、楽あれば苦あり……その逆もしかりです！」

「は？　楽あれば……？」

「つまりね、人生は楽しいことばかり続かないんです。必ず苦しいことだってあります。その逆に、苦しいことや辛いことのあとには、楽しいことや幸せが待っているんですよ。ブラッドは、今まで大変なことがいっぱいあったでしょう？　その分、いっぱい幸せが訪れますよ‼」

姉ちゃんは満面の笑みを浮かべて言う。

……そんな言葉、はじめて聞いた。

でも、その言葉は俺の胸の中にすとんとおさまった。

不思議と、これから幸せなこともあるんじゃないかなって気分になる。それは多分、姉ちゃんに言われた言葉だからじゃないかな。

「姉ちゃんって……やっぱり人間じゃないよな」

俺は、しみじみと呟《つぶや》いた。

そう、やっぱり姉ちゃんは――聖女だ。

姉ちゃんは、口を尖らせて声を荒らげる。

「ブラッドったら、ひどい！　どういう意味ですか？　それじゃ、まるで化け物みたいですよ！」

「あはは、姉ちゃん、全然わかってないな」

姉ちゃんの勘違いが面白くて、俺は思わず笑ってしまう。

すると、口を尖らせていた姉ちゃんがパッと笑みを浮かべた。

「ブラッド！　はじめて笑ってくれましたね！　ふふ、可愛い笑顔を見られたから、さっきの発言は許します。……これからも、ずっと笑顔でいてくださいね！」

神様に特別愛されて、奇跡を起こしてくれる聖女。

本当に、そんな存在がいたんだな。

俺はふと、祖父《じい》さんの言葉を思い出す。

——この国を出よう。穏やかな気性を持つ神様が守護する国に、移住しよう。そうすればきっと、幸せになれる。神様が俺達のことを幸せにしてくれる。

祖父《じい》さん、神様じゃなかったよ。

俺をこの国から連れ出して、奇跡みたいに幸せを分け与えてくれた人。

それは——聖女だったんだ。

◇◆◇

稀代《きたい》の聖女リリアナ。多くの聖人、聖女達の中でも、最も有名な奇跡を起こした、伝説の人物である。

聖人、聖女達の起こした奇跡は、数多くある。しかし、中には作り話とされているものも少なくない。その中で、聖女リリアナの奇跡はすべて真実だったと語り継がれてきた。

故《ゆえ》に、時代を問わず、彼女を信奉する者は数多《あまた》現れる。

聖女リリアナの信奉者の中で最も有名なのは、ブラッド・デイビス。セイルレーン教会の第八十二代教皇その人である。

彼自身も多くの者達から崇拝されていたが、彼が聖女リリアナを女神のように崇《あが》めていたことは有名な話。

ブラッド・デイビスは、聖女リリアナの傍で数々の奇跡を目撃したという。その最初の奇跡は、彼の人生を大きく変える一番の奇跡だったというが——それがどのような奇跡だったのか、彼は生涯語ろうとしなかった。

第二章　奇跡を起こす者と姫巫女

「ようやく聖域に到着ですね！」

船着き場に降り立った私は、思わず歓声を上げる。

するとシドさんから、コツンと頭を小突かれた。

「お転婆姫《てんばひめ》、はしゃぎすぎ。少しは落ち着いたらどうだい？」

「もうシドさん、小突くのはやめてくださいよ。地味に痛いんですからね。それに、長かった旅程を考えたら、ちょっとくらいはしゃいだって、いいじゃないですか」

大陸の中央あたりに位置する、巨大な湖。聖域は、その真ん中に浮かぶ島にある。

シェルフィールド王国を出てフィオス商業王国を通過し、ゲオニクス王国を横断したあと、私達は船に乗りました。そして世界の中心とも言われるセイルレーン教会の総本山――聖域に、ようやく到着したわけです。

船着き場を出たすぐの場所には市場があり、それを抜けた先には大きな神殿があるみたい。

きっとあの荘厳《そうごん》な神殿が、セイルレーン教の本神殿だね。

うん、本当に長かったよ。

感慨深く頷《うなず》いている私の隣には、目をキラキラ輝かせるブラッドの姿。

ゲオニクス王国以外の場所を見るのは、はじめてだものね。

小さな少年は、興奮した様子であちこちを見渡している。

「なぁ、姉ちゃん。さすがは聖域だな！　すごい活気に溢《あふ》れてるし、店先には見たことがないものばかり並んでる。それに、いろんな国の人達がこんなにいるんだな。これは、姉ちゃんを歓迎しているからなんだろう？　なんて言ったって、姉ちゃんは聖──」

そこまで口にしたところで、シドさんがブラッドの口を手で塞《ふさ》いだ。

うん、こんな往来で私が聖女だなんて言ったら、めんどくさいことになるもんね。

そして、ブラッド……ごめんなさい。

聖域が賑《にぎ》わっているのは、私を歓迎してのことではないと思います。

信心深いセイルレーン教信者の中には、各地の教会や神殿を巡礼する方達がいる。そんな皆さんが最後に訪れるのが、この聖域。

中には、観光も兼ねてこの地を訪ねる人もいるらしく、普段から賑《にぎ》わっているのだと聞いたことがあります。

とはいえ、ゲオニクス王国しか知らないブラッドにしてみたら、お祭り騒ぎに見えるかも……

シドさんに目を向けると、人差し指を口元にあてて、ゆっくり頷《うなず》きます。

うん、やっぱり私が聖女だということは秘密なんだね。

「ほら、喋《しゃべ》ってばかりいないで、さっさと本神殿に向かうぞ」

シドさんはブラッドの口を塞《ふさ》いだまま、引きずるようにして歩きはじめる。

この市場を抜けて本神殿に着いたら、私はどうなるんだろう。

聖女として迎えられるとは聞いたけど、具体的に何をすればいいのかわからない。

それに、ちょっと気になっていることもあるんだよね。

……スピード重視かつお忍びな現状を考えると、本当は私、聖女じゃないのでは？

何か別の理由があって呼ばれた可能性だってあるよね。

市場の先に見える本神殿を見つめつつ、思わず考え込んでいたら、シドさんに声をかけられた。

「お転婆姫《てんばひめ》、置いていくぞ」

「あ、ちょっと待ってくださいよ！　シドさん‼」

シドさんに置いていかれたら、人で賑《にぎ》わう市場で絶対迷子になっちゃう！

私は、慌ててシドさんのあとを追いかけたのだった。


活気溢《あふ》れる市場を抜けて、しばらく歩き続け、本神殿に到着した私達。

すると、あれよあれよという間にシドさんやブラッドと引き離されて、小さな部屋に通された。

そして旅装を解くように指示され、女性の神官の皆さんに飾り立てられ――

今の私は、ドレープたっぷりの優雅なドレスを着せられています。色は純白で、神話に出てくる神様が着ていそう。

「聖女様、とてもお似合いですわ」

神官様がうっとりした表情で言う。

……やっぱり私、正真正銘《しょうしんしょうめい》、聖女として呼ばれたみたいです。

王都のオリヴィリア邸にやってきたローレリア司教様は、私の本来の姿を知っていた。

他にも知っている人がいるような口ぶりだったので、ここでは幻影《げんえい》の仮面を外すよう言われるかと思っていましたが、特に何も言われませんでした。

少し安心して、ホッと息を吐き出す。

……神様の色とかなんとか、いろいろ言われると面倒だからね。

着替えたあとはまた別の部屋に案内されて、しばらく待機しているように言われました。

これから何がはじまるのか尋ねると、なんと私のお披露目会《ひろめかい》をするみたい。

セイルレーン教会の教皇様や、位の高い神官様がやってくるのだとか。

準備が整うまで待っていてくださいと言い残して、案内役の神官様達は部屋を出ていった。

うぅ……お披露目会《ひろめかい》なんてしなくていいよ！

どんどん速くなる鼓動に、私はぎゅっと目を瞑《つぶ》る。

初花《はつはな》の儀でも、ここまで緊張しなかったのに！

……ううん、あのときとは状況が違うよね。だって初花《はつはな》の儀では、お父様やお母様も私を見守っていてくれたもの。

だけど、ここでは私一人。

そうだよ、これからは一人で頑張っていかなくちゃいけないんだ……

静かに手を握りしめると、頭の中に可愛らしい声が響いた。

(ちょっと、リリアナ！　リリアナは一人じゃないでしょ？　どうして一人だなんて言っちゃうの？　ルーチェのこと、忘れちゃったの!?)

(……ルーチェ！)

目を開けると、そこにはぷりぷり怒った表情を浮かべる、ルーチェの姿があった。

……すっかり忘れていたよ！

私には、ルーチェがいたんだった!!

聖域に向かうことが決まったとき、ルーチェは私についてきてくれると言った。

それはすごく心強かったけれど、聖域までの旅の同行者は謎多きシドさん。

普通の人は精霊であるルーチェの姿を視《み》ることはできませんが、例外もあります。それは、他の精霊の祝福を受けた者と、特別な眼を持った者。

本当は道中も一緒にいたかったんだけど、シドさんは油断ならない人物だからね。もしかしたらルーチェの姿を視《み》ることができるかもしれない。

その場合、ややこしい事態になりそうだし、なんらかの方法でルーチェと引き離されてしまう可能性だってあります。

だからシドさんが傍にいる間、私に近づいちゃダメだとルーチェに言ってきかせました。

……もちろん、ルーチェはかなりごねましたが。

ルーチェ曰《いわ》く、シドさんはどこか懐《なつ》かしい感じがするみたい。私だけじゃなく、シドさんとも一緒にいたいと言い張って大変でした。

最終的には、しぶしぶではあるけれど納得してくれて、私達のあとをこっそりついてきてくれることになったんです。

……ごめんね、ルーチェ。約束を守って、姿を隠してついてきてくれたのに。

(もう、リリアナ！　ルーチェのこと、ほんとに忘れてたんでしょ!?)

(うっ……ごめんね。ルーチェ、一人で偉かったですね)

そう言って頭を撫《な》でると、ルーチェは機嫌を直してくれたみたい。嬉しそうに目を閉じて、私の手にすり寄ってくる。

(ふふ、元気そうで良かったです)

(うん！　すごく元気！　リリアナ達のあとをぴったりつけながら、いろいろ探検もしてたんだよ！　はい、これ贈り物!!)

ルーチェはそう言って、私に淡紅《たんこう》色の薔薇《ばら》を差し出した。

(綺麗……。これを私に？)

（うん、本当は青い薔薇《ばら》がよかったんだけど……ほら、リリアナのお部屋にあったでしょ？　でもね、残念ながら見つからなかったの……）

（仕方がないですよ、ルーチェ。あの青薔薇《あおばら》は、世界に一輪しか存在しないんですから）

ルーチェの言っている青薔薇《あおばら》というのは、国王陛下の生誕祭でもらった薔薇《ばら》のこと。

あのときは、まだ何も知らずに国王陛下から薔薇《ばら》を受け取っちゃったんだけど……実はその薔薇《ばら》こそ、王太子様の花嫁候補の証《あかし》だったんだよね。

枯れることのない、美しい青薔薇《あおばら》は、シェルフィールド王国王都のオリヴィリア邸にあります。すごく綺麗な薔薇《ばら》だから手元に残しておきたかったけれど……王太子様の花嫁を辞退して、聖女になることを選んだ以上、ずっと持っているわけにはいきません。

直接、王太子様に青薔薇《あおばら》をお返しすることができたらよかったのですが、その時間はありませんでした。

お父様から王家に返還される手筈《てはず》になっていたので、今頃、王太子様の手に青薔薇《あおばら》は戻っていることでしょう。

ちょっとしんみりしながら青薔薇《あおばら》のことを思い出していると、ルーチェが納得したような声を上げた。

（そっか、世界に一輪だけなんだ……。だから、森にも山にも崖《がけ》にも川底にもなかったんだね）

森や山はまだわかるけど、崖《がけ》に川底……？

（ルーチェ……いつの間にそんなところへ行っていたんですか？　危ないでしょう？）

（精霊のルーチェには、危ないことなんてないよ）

（それでも、ダメです。危険な場所には、立ち入り禁止！）

（えー！　……でも、リリアナがそこまで言うんだったら気をつける）

よしよし、いい子ですね。再びルーチェの髪を撫《な》でると、嬉しそうに顔を輝かせた。

（ふふ、それでね！　青薔薇《あおばら》は見つかんなかったけど、代わりにこの薔薇《ばら》を見つけたの。リリアナのお目めと一緒の色だよ！　ルーチェは優しいから、特別にリリアナにあげるね！）

淡紅《たんこう》色の薔薇《ばら》をぐいぐい差し出されて、私はそれを受け取った。

（うふふ、ルーチェ、ありがとう。とっても綺麗な薔薇《ばら》ですね）

私は、その薔薇《ばら》を髪にそっと挿《さ》し込む。

それを見たルーチェは、満面の笑みを浮かべながら手をパチパチと叩いた。

（うわぁ！　すごく似合ってるよ！　さすがはお姫様だね、リリアナ!!）

お姫様……

まさかの感想に、私は苦笑を浮かべる。

（こらこら、ルーチェ。私はお姫様なんかじゃありませんよ。ただの伯爵家の娘ですからね）

すると、ルーチェは心底不思議そうな顔をして、首を傾《かし》げた。

（えっ？　リリアナはお姫様だよ？　精霊の皆だって、リリアナのことをそう呼んでるもん）

今、なんと⁉

精霊の皆って……一体、誰⁉

そんなトンデモ情報が、精霊達に出回っているというのでしょうか……

どうしよう、恥ずかしすぎるよ！

（ル、ルーチェ、私は断じてお姫様ではありません！　ですから、精霊仲間の皆さんにも、お姫様じゃないときちんと言っておいてくださいね‼）

（えー、どうして？　リリアナはお姫様なのに……）

（お姫様ではありません！　ルーチェ、わかりましたね？）

なんだか腑《ふ》に落ちない表情を浮かべていたルーチェだけど、私の勢いに折れてくれたらしく、小さく頷《うなず》いた。

ふぅ、よかった。

私が安堵《あんど》の息を吐いていると、部屋の扉がトントンと叩かれる。

「聖女様、準備が整いました。入ってもよろしいでしょうか」

「あっ、少々お待ちください！」

私は焦りつつ、扉の外に声をかける。

ここは、セイルレーン教会の総本山。神官様や巫女様という聖なる職に就《つ》いている方の中には、精霊に守護されている人もいるんじゃないかな……

そんな人達にルーチェの存在がバレたら、なんとなく厄介なことになりそうな気がする。せっかく再会できたのに、また隠れてもらうのは申し訳ないけど……

（ルーチェ、お願いがあります。この本神殿には、精霊の守護を受けている方がいるかもしれません。その方々に姿を視《み》られないように、また隠れていてもらえませんか？）

ルーチェに頭を下げると、思いのほか、猛《もう》反発を受けてしまった。

（絶対に嫌っ！）

（ルーチェ、そんなこと言わずに、お願いします！）

（えぇーーっ！　だってリリアナ、さっきまで寂《さび》しそうだったでしょ！　一人じゃないのに、ルーチェのことを忘れて、悲しそうだったもん！　だから、ルーチェはもうリリアナから離れない！　決めたんだもん!!）

ルーチェ……

私のことを心配してくれていたんだね。

（それに、リリアナにはルーチェ以外にも皆いるでしょ！　離れていても、皆がリリアナのことを思ってるのに……!!）

（……ありがとう。ルーチェの優しさは、充分伝わってきたよ。そうですよね、私は一人じゃない。傍にはルーチェがいるし、距離は離れていても、皆と気持ちの上では繋《つな》がっています。ルーチェ、心配かけちゃってごめんね……）

私がそう言うと、ルーチェは満足そうにこくこくと頷《うなず》く。

（そうでしょ？　リリアナは一人じゃない）

（うん。ねぇ、ルーチェ。それがわかった今なら、ルーチェが離れていても大丈夫ですよ。だから、心配せずに隠れていてください）

私は、ルーチェを安心させるように伝える。

（……でもルーチェが隠れたら、またリリアナは寂《さび》しくならない？　大丈夫？）

なんだかちょっと悲しそうな様子で、何度も私をチラチラ確認するルーチェ。

それは、私のことを心配しているというより……

もしかして、ルーチェも私と会えないのは寂《さび》しいのかな？

どうしよう、ルーチェ、可愛いです!!

（ルーチェに会えないと、やっぱり私も寂《さび》しいな。だから、私の周りに誰もいないとき、会いに来てくれる？）

そう尋ねると、ルーチェは、ぱぁっと顔を輝かせた。

（もちろん、いいよ！　ふふ、ルーチェに会えないとリリアナも寂《さび》しいんだね！　ルーチェ、リリアナが一人のときに会いに来るよ！）

嬉しそうに空中でくるりと回る、ルーチェ。

（それじゃあ、いい子のルーチェちゃんはそろそろ行くね。でも、いつだってルーチェが傍にいる

んだから！　忘れないでね‼)

そう言い残して、可愛らしい精霊の女の子は壁の中に消えていった。

……うん。私は、一人ではありません。

いつだって、私の傍には皆がいます！

思わずじんとしていると、扉の外から声が響いた。

「聖女様？　何かございましたか？」

私がなかなか扉を開けないから、怪訝《けげん》に思ったみたい。

まずい、まずい！

私は慌てて部屋の扉を開ける。

「申し訳ありません、お待たせしてしまいましたね。……これからのことを考えると、緊張してしまいまして……気分を落ち着かせていました」

私がそう言い訳すると、扉の前に立っていた神官様が納得したように頷《うなず》いた。

「そうでしたか。それでは、皆様のもとへご案内いたします。こちらにどうぞ」

私は内心ヒヤヒヤしつつ、神官様のあとをついていく。

厳《おごそ》かな空気が漂《ただよ》う廊下をしばらく進んでいくと、神官様はある場所で足を止めた。

目の前には、巨大で重厚な扉がある。たくさんの神々や精霊、薔薇《ばら》が彫《ほ》られていて、中央には大きな紫水晶《アメジスト》色の石がはめられている。

その扉の美しさに、私は息を呑んだ。

……あれ？

そういえば、この扉……どこかで見た記憶があります。

でも、こんなに荘厳《そうごん》な扉、そうそうないよね。一体、どこで見たんだっけ？

必死に記憶を辿っていると、ふとある光景を思い出した。

ステンドグラスから降り注《そそ》ぐ太陽の光、宗教画の描かれた天井、セイルレーン神話の神様を模した彫刻が並ぶ祭壇。

そうだ！　あれは、シェルフィールド王国の王城に繋《つな》がる大聖堂！

昔、王太子様の魔剣が盗まれたときに、私はその現場を目撃しました。そして犯人を追っていくうちに辿り着いたのが大聖堂でした。

その聖堂の隠し通路に、似たような扉があったはず……

シェルフィールド王国の聖花が綺麗に彫《ほ》られていて、鍵穴はなく、中央に紅水晶《ローズクォーツ》に似た石がはまっていました。

あのときは、私に流れる美と愛と豊穣《ほうじょう》の女神様の血に反応して扉が開いたんだよね。

この扉は、大聖堂の扉とそっくり。

もしかして、同じような原理で開くのかな？

私がじっと扉を見つめていると、神官様が扉にはめこまれた紫水晶《アメジスト》色の石に手を置いた。

次の瞬間、巨大な扉がゆっくりと開いていく。

……どうやら、昔見た扉と原理は違ったみたい。

どうやって開けたんだろう？　自動だったよね？

首を傾《かし》げる私に、神官様が説明してくれた。

「この扉には、美と愛と豊穣《ほうじょう》の女神様のご息女・アルディーナ様が施《ほどこ》した仕掛けがございます。この扉を開くことができるのは、神々とアルディーナ様の血族……そして、アルディーナ様の生み出した魔石《ませき》を持つ者です。こちらをご覧ください」

神官様は、私の前に手をかざす。その指には、小さな紫水晶《アメジスト》色の石がはまった指輪が光っている。

「その指輪の石は、アルディーナ様の魔石《ませき》なのですか？」

「ええ、そうです。この魔石《ませき》を拝受できるのは、ほんの一握りの人間のみ……。もっとも、聖女様であられるあなたなら、魔石《ませき》がなくとも扉を開けることはできます。先ほど私がしたように、扉の魔石《ませき》に手を置くだけでいいのです」

……どうやらこの扉も、シェルフィールド王国で見た扉と同じ原理だったみたい。ということは、あの扉もアルディーナ様が造ったものなのかな？

美と愛と豊穣《ほうじょう》の女神様は、人の青年に加護を授け、彼との間に双子をもうけました。

双子の兄君は、シェルフィールド王国の始祖様。妹君は、シェルフィールド王国で大公爵家を興《おこ》したアルディーナ様。

アルディーナ様はセイルレーン創造神様しか持ちえなかった、銀髪に紫水晶《アメジスト》色の瞳を持っていたそうで、魔力も非常に高かったみたい。

それは、目の前にあるこの扉の仕掛けを見ただけでわかる。

アルディーナ様が没して千年近く経った今でも、魔石《ませき》の力が衰《おとろ》えていないんだもの。

我が家は、そんなアルディーナ様――そして美と愛と豊穣《ほうじょう》の女神様の血を引いているって言うんだから、本当に驚きです。

ご先祖様のすごさを改めて実感していると、神官様から声をかけられた。

「それでは聖女様、ここから先はお一人でお願いいたします。皆様、聖女様がいらっしゃるのを首を長くしてお待ちです。我ら神殿一同、聖女様を歓迎いたします」

神官様は、深々と頭を下げる。

うぅ……ここから先は一人なのか。

ちょっと心細いです。

でもこれ以上、皆様を待たせるわけにはいきませんし、何より……

私は、髪に挿《さ》した淡紅《たんこう》色の薔薇《ばら》にそっと触れる。

そう、何より、私は一人じゃありません。

私には……皆がいます！

私は神官様に頭を下げて、荘厳《そうごん》な扉をくぐりました。

一歩、また一歩と踏み出せば、天井からひらひらと何かが降ってくる。

それは、色とりどりの花びらだった。

とても幻想的な光景に、私はほぅっとため息をつく。

「綺麗……」

扉の先は天井の高い開放的な空間で、上層からは神官様達がこちらを見つめています。彼らは手に籠《かご》を抱えていて、そこから花びらを降らせてくれていました。

まるで祝福されているみたい。

そのまま前に進んでいくと、やがて祭壇のようなものが見えてきた。そこには、数人の人が立っている。

私は祭壇の傍で立ち止まり、深々と頭を下げた。

こういうとき、臆《おく》せず礼をとれるようになったのは、お母様のスパルタ淑女《しゅくじょ》教育の賜物《たまもの》です。

ゆっくりと頭を上げ、目を伏せて相手の反応を待っていると、天井から光が差し込んできました。

その光は、どういうわけか、私一人をピンポイントに照らしている。

……ライト的なもので、私を照らしているのかな？

もしかすると、そういう演出なのかも。なんだか劇の一幕みたいですね。

妙なところに感心していると、凛《りん》と澄んだ声が響きわたりました。

「聖女リリアナ。よく聖域にまいりました。我らは、新しく聖女が誕生したことを心から嬉しく思います。さぁ、きちんと顔をお上げなさい」

その声は、天井の高い空間に美しく反響する。

私は伏せていた目をゆっくりと上げ、正面を見据えた。すると、祭壇の中央に立つ女性と目が合う。

「わたくしは、このセイルレーン教会を統《す》べる教皇エミリア」

「エミリア教皇様……」

この方がセイルレーン教会のトップ、エミリア教皇様ですか——

以前、家庭教師のシリウス先生にも習いました。今、セイルレーン教会を統《す》べているのは女性の教皇なのだと。

教会の長い歴史を紐解いても、女性が教皇になるのは、はじめてのことだそうです。

エミリア教皇様は、優しい顔立ちをした五十歳くらいの女性でした。

綺麗な緑色の瞳が印象的で、帽子とベールにより髪は隠されている。白地のゆったりとしたローブを羽織《はお》り、紅水晶《ローズクォーツ》色の魔石《ませき》がはめこまれた聖笏《せいしゃく》を手にしていて、とても堂々とした佇《たたず》まい。さすが、教皇様です。

エミリア教皇様をじっと見つめていると、彼女は私に祝福の言葉をいろいろとかけてくださり、最後にこう宣言した。

「第八十代・教皇エミリアは、ここに聖女リリアナが誕生したことを認める！」

次の瞬間、あちこちから歓声が上がる。

私は呆気に取られてしまい、ぽかんと口を開けることしかできなかった。

すごい……すごい熱気です。

その中心に自分がいるなんて、なんだかピンとこないよ。

瞬《まばた》きを繰り返しながらあたりを眺めていると、エミリア教皇様が聖笏《せいしゃく》をカツンと床に打ちつけた。

その途端、歓声はピタリと止まる。

「聖女リリアナに紹介したい者がおります」

教皇様はそう言って、セイルレーン教会の要職に就《つ》く方々を紹介してくださる。

枢機卿《すうききょう》様、大司教様と順番にご挨拶《あいさつ》して、最後に現れたのは、私と同じくらいの年頃の少女。

とても綺麗な顔立ちをした少女です。

青空に似た美しい瞳、ゆるやかに波打つ亜麻色《あまいろ》の髪。頭には花冠《はなかんむり》が載せられていて、髪のあちこちに色とりどりの花が挿《さ》されています。

彼女は、私が着ているドレスとよく似た服に身を包んでいる。

……私より、彼女のほうがよっぽど聖女みたい。

目の前の美しい少女を思わず見つめていると、教皇様が口を開いた。

「その方は、当代の精霊の姫巫女です」

その言葉に、私は目を見開いた。

精霊から特に愛される存在――精霊巫女様。

旱魃《かんばつ》が起きると雨を降らせ、洪水のあとには氾濫《はんらん》した川を鎮《しず》め――精霊の力を使い人々を助けてくれるのが精霊巫女様です。聖域では姫巫女様って呼ばれているんだね。

エミリア教皇様だけでなく、まさか姫巫女様ともこうしてお会いできるなんて。

うまく言葉が出てこない私に、姫巫女様はにっこり笑って囁《ささや》いた。

「久しぶりね……もう一人の私……」

その声はあまりにも小さかったけれど、確かに私の耳に届いた。

……私と姫巫女様は、初対面。それなのに、どうして「久しぶり」なんだろう？

実は私が覚えていないだけで、会ったことがあるのかな？　でもこんな美人さん、一度会ったら忘れないと思うんだけどな。

それに、「もう一人の私」というのは、一体どういう意味？

うーん、わからないことだらけだよ。

こうなったら、直接聞いたほうが早いよね。

そう思い、尋ねてみようとしたんだけれど――

姫巫女様の瞳は、複雑な色をたたえていた。どこか喜びのようなものも感じられるのに、それ以上に悲しみが強い眼差《まなざ》し。

その眼差《まなざ》しの意味するところがわからず、私は言葉を呑みこむしかなかった。

私がぐるぐる考えを巡らせていると、エミリア教皇様が小さく咳払いする。

それが合図だったようで、姫巫女様は私の前から下がってしまった。

うぅ、失敗です。

普段なかなかお会いできないかもしれないのに、何も聞けずに終わってしまいました。なんだかモヤモヤが残る、不完全燃焼な気分です。

内心頭を抱えていると、教皇様が再び聖笏《せいしゃく》をカツンと床に打ちつけた。

「では改めて……我らセイルレーン教会は、聖女リリアナを快《こころよ》く迎え入れましょう。異議のある者は申し出よ！」

その声に反論する者はいない。

教皇様は満足げに微笑《ほほえ》みながら頷《うなず》いた。

「リリアナよ、聖女の務めを見事果たしてほしい」

そう言い残し、ローブの裾を翻《ひるがえ》して退席される教皇様。

聖女の務め……

そう言われて脳裏をよぎったのは、ゲオニクス王国の窮状《きゅうじょう》。

シドさんには、ゲオニクス王国限定で私が動いてもいいと言われました。

とはいえ、きっと私が何かしようとしたとき、それを反対する人だっているかもしれません。

けれど……

困っている人を救うことこそ、聖職者の務めだと思います。

半人前の私がこんなことを言うのはおこがましいですが、まずは動かないと何も変わらないからね。

よし、私には私のできることをしよう！


「ふぅ。聖女って、意外と多忙なんですね……」

聖女に就任して二週間。

自分にできることをしようと誓った私ですが、思わずため息をついてしまう。

「はじめは、覚えることもたくさんありますし、仕方ありませんわ」

そう慰《なぐさ》めてくれるのは、私より一つ年上のカロリーナさん。

褐色《かっしょく》の髪を腰まで伸ばし、光の加減によっては黒にも見える焦げ茶色の瞳を持つ女性です。

本来、彼女はセイルレーン教会の巫女様なんだけど、今は私の身の回りのお世話をしてくれています。

「さぁ、聖女様。仕上げの薔薇《ばら》ですわ」

彼女はそう言って、私の髪に淡紅色《たんこう》の薔薇《ばら》を挿《さ》してくれる。

大神殿にやってきた初日、ルーチェがくれた綺麗な薔薇《ばら》。

シェルフィールド王国では、聖花である薔薇《ばら》が年中咲き乱れ、切り花の状態でも数週間は枯れることがありませんでした。

この聖域でも、何か力が働いているのか、ルーチェのくれた薔薇《ばら》はいまだ瑞々《みずみず》しさを保ったまま。

もしかしたら、光の精霊であるルーチェの力なのかな？

何はともあれ、薔薇《ばら》を身に付けていると、私は一人じゃないって元気が出てきます。

私は、髪を整えてくれたカロリーナさんにぺこりとお辞儀しました。

「いつもありがとうございます、カロリーナさん。でも、カロリーナさんの本業は巫女様なのに、私のお世話をお願いしてしまって、本当にいいのでしょうか……」

思わずそう呟《つぶや》くと、カロリーナさんは頭を大きく左右に振った。

「とんでもございません！　むしろ光栄なことですわ!!」

いつもは大人しい彼女ですが、両手の拳《こぶし》をぐっと握りしめて力説しはじめる。

「教会で聖女様が立つのは、かれこれ半世紀ぶりでございます。ようやく待ち望んだ聖女の誕生に、セイルレーン教会全体が沸いたのですよ。そして聖女様のお世話係を決めるにあたっては、それはそれは激しい戦いがありました。巫女達は、お世話係に選ばれるよう教養を磨き、信心を深め、互いに足を引っ張り合ったものでございます！　かくいう私も……いえ、これは余談でしたわね。とにかく、さまざまな試練を乗り越えた末、選ばれたのです」

なんだか今、足の引っ張り合いだとか不穏《ふおん》な言葉が聞こえたような……

ううん、深く考えるのはやめましょう。

カロリーナさんは、イヤイヤお世話係をやっているわけではなさそうです。

ひとまず安心し、私は再びお礼を言った。

「本当にありがとうございます」

「ふふ、お気遣いは無用ですわ。時に聖女様、そろそろ礼拝のお時間が……」

「もうそんな時間でしたか。それでは、まいりましょう」

私はカロリーナさんとともに部屋を出て、大神殿の廊下を足早に進む。

……この神殿は広すぎて、まだ道順を覚えきれていないんです。だから、礼拝の間に行くときにも、カロリーナさんに案内してもらっています。

うぅ……覚えが悪くてごめんなさい。

もちろん、それ以外にも学ぶことはたくさんある。

罰当たりな話だけど、もともと敬虔《けいけん》なセイルレーン教信者でもなかったからね……教会に関わることで知らないことも結構あります。加えて教会の一握りの人しか知らないことでも、聖女という立場上、知っておかなくちゃいけないみたいで、頭はパンク寸前。

そして極めつきは、古神語《こしんご》。初日は違ったけれど、本来、大神殿では常に古神語《こしんご》を使っているそうなんです。だから、その予習復習も欠かせません。

お母様のスパルタ教育のおかげで、古神語《こしんご》の基礎はできています。

ただ、実際に古神語《こしんご》で話す場はなかったので、うまく発音できないんだよね……

そんな私のことを慮《おもんぱか》って、共通言語で会話をしてくださっているカロリーナさん。

うぅ、本当に不甲斐《ふがい》ないです。

「聖女様、礼拝の間に着きましたわ」

考えごとをしていたら、いつの間にか目的地に着いていたみたい。

……こうしてぼーっと歩いているから、なかなか道を覚えられないんだよね。改めて反省。

私は、目の前にある大きな扉を見上げる。

その扉の中央には、大きな紫水晶《アメジスト》色の魔石《ませき》がはまっている。

大神殿には、アルディーナ様の仕掛けが施《ほどこ》された扉が数多くある。つまり、一部の教会関係者しか開けることのできない部屋がたくさんあるということです。

私は、紫水晶《アメジスト》色の魔石《ませき》にそっと手を置く。すると、自動で扉が開かれた。

「聖女様、行ってらっしゃいませ。私には、その扉をくぐる資格はありませんので……」

カロリーナさんは、残念そうに私を見送る。

「……はい、行ってまいります。案内していただき、ありがとうございました」

私はカロリーナさんにお辞儀をして、礼拝の間に入っていく。

カロリーナさんの言葉通り、この部屋にはほんの一握りの人間しか入ることができません。

つまり、礼拝には教会の上位職だけが集《つど》うんです。

礼拝というと、信者の皆さんと一緒に神様に祈るイメージがあったから、最初はびっくりした。

偉い立場の方ばかり集まる場なので、緊張するんですよね。

それに、もう一つ気が乗らない理由があって……

私が足を進めると、エミリア教皇様、枢機卿《すうききょう》様、大司教様、姫巫女様といった面々がすでに揃っていた。

……しくじりました。

新米ながら、皆さんをお持たせしてしまうなんて！

『おっ……遅くなり、まして、申し訳ありません……』

不慣れな古神語《こしんご》で謝罪すると、教皇様は神妙な面持《おもも》ちでこくりと頷《うなず》いた。

うぅ、他の方の視線も痛い。

とにかく肩身が狭いです。

次からは、もっと早く着くようにしなくっちゃ。

やがて教皇様は、聖笏《せいしゃく》を床に打ちつけた。すると音もなく床が動き出し、大きな正円の穴が出現する。

私達はその穴の周りに集まり、下を覗《のぞ》き込んだ。

そこには、水の張られた大きな杯《さかずき》が置かれている。杯《さかずき》の水は透《す》き通り、鏡のように私達の姿を映し出す。

『それでは、礼拝をはじめる。……神々よ、どうかこの人間界で困っている民を映し出してください』

教皇様の言葉に、杯《さかずき》に張られた水が波打ちはじめる。

風も吹いていないし、誰かが触れたわけでもない。なのに、水面《みなも》にはいくつもの波紋が広がっていき、やがて私達の姿が掻《か》き消えた。

キラキラ揺らめく水面《みなも》を見つめていると、誰かに呼ばれているような、不思議な感覚に陥《おちい》る。

どうもソワソワしてしまうんだけど、今は儀式に集中しなくちゃ。

やがて波紋は小さくなっていき、波打っていた水面《みなも》は静寂を取り戻す。けれど、そこに映し出されたのは私達の姿ではありません。

大きな水鏡には、燃え盛る家々が映し出されていた。

——これが、この杯《さかずき》の力。

実はこの水鏡は、聖遺物なんです。

セイルレーン最高神様によって神々が地上へ降りることを禁じられる前、地上には多くの神様がいたそうです。

やがて地上から神様がいなくなっても、神様が使っていた品物の一部は、地上に遺《のこ》されたみたい。

それらは不思議な力が込められているものばかりで、聖遺物と呼ばれています。

まぁ、忘れ物とも呼ばれているけれど……

神様も人間みたいに忘れ物をしちゃうものなんですね。なんだか親しみが湧きます。

それにしても、こんなに大きな水鏡、どうやったら忘れられるんだろう。

うっかりにも程があると思うんだよね。

まぁ、何はともあれ、この忘れ物のおかげで、セイルレーン教会は奇跡を起こすことができるんです。

それというのもこの水鏡、自分の知りたいことを尋ねると、答えを映し出してくれるんだよね。

どんなに聖域から離れた国のことも、知ることができるみたい。

だから、もし仮に教会に対してよからぬ企《くわだ》てをしていたとしても、事前に阻止することができるんだって。

本当にすごい力だと思う。

……そして、今映し出されている光景に、胸がずきんと痛んだ。

だってこれは、どこかの国で実際に起こっていることだから――

『これは、いただけませんね……。この火事は、どこで起こっているのかしら？』

教皇様の言葉に、水鏡は再び水面《みなも》を揺らして地図を映し出す。

『……大地の女神様の加護する、マリーアンナ王国のサフィール地方ですね』

悲しそうな表情で呟《つぶや》いた教皇様に、枢機卿《すうききょう》様が声をかける。

『教皇様、サフィール地方は教会への信仰も篤《あつ》く、お布施《ふせ》も多額です。ぜひ、奇跡を起こすべきです』

すると、他の皆さんも賛同の声を上げました。

『皆の言う通り、なんとかせねばなりません』

教皇様は、再び燃え盛る炎を映し出した水鏡に向かって声を張り上げた。

『……恵みの雨よ、降り注《そそ》げ！』

すると、何もない空間から雨粒が現れ、水鏡の上に勢いよく降り注《そそ》いだ。

その大粒の雨は、水鏡に映し出された炎にも降り注《そそ》ぐ。家々を包んでいた炎は少しずつ小さくなり、やがて収束した。

『これにて、大火は鎮《しず》まりました。すぐにサフィール地方へ教会の者を派遣し、これはセイルレーン教による奇跡なのだと知らしめるように』

『もちろんです』

教皇様のお言葉に、枢機卿《すうききょう》様は満足そうに頷《うなず》く。

——これこそ、教会の起こす奇跡。

先ほどの大火だって、あれだけの規模の炎をその場で鎮火《ちんか》するのは、至難《しなん》の業《わざ》だと思います。

高魔力保持者が何人も集まって、それでもできるかできないか、という規模のもの。

けれど、それを可能にしてしまうのがこの聖遺物なんです。

この水鏡は、教会によって秘匿《ひとく》されている。その存在を知るのは、教会でもほんの一部の人達だけ。

それはそうだよね。だって水鏡の力が表沙汰《おもてざた》になれば、何かあったときに助けてほしいと縋《すが》る人達が殺到しちゃうもの。

……私だって、思うことがある。

この水鏡の力があれば、過去にあった災害も防ぐことができたのではないかと……。もちろん、そんなことを言っていてはキリがありませんが。

私はふと、エルフィリア王国のシンシアさんを思い出した。

そういえば、ゲオニクス王国でも彼女のことを考えていたんだった。

——災厄《さいやく》は、回避不可能。もし回避できたとしても、別の災厄《さいやく》が必ず起こる。

何が真実なのか、私にはわかりません。

けれど、それでも……

皆が助かる方法を探せないのでしょうか。

思わず考え込んでいた私は、エミリア教皇様の声で現実に引き戻されました。

『これにて、マリーアンナ王国は救われました。しかし、他にもまだ迷える民は多くいるはず。その姿を映し出せ』

再び大きく波打つ、杯《さかずき》の水面《みなも》。

やがて穏やかになったそれが映し出したのは——苦しむ人々の姿。

何かの病《やまい》でしょうか。木や草が生い茂る森のような地で、多くの人達が倒れ込んでいる。

彼らが着ているのは、とても原始的な服。動物の皮をなめした布や、蓑《みの》みたいなものを身体に巻きつけている。

教皇様はその光景に眉をひそめ、他の皆も驚いたようにざわめく。

私が知る限り、この世界にはここまで原始的な暮らしをしている国はありません。

他の皆さんの反応を見ても、それは確かでしょう。

ということは、つまり――

「これは、まだ発見されていない地の出来事？」

思わず、古神語《こしんご》ではなく共通言語で呟《つぶや》いてしまった私。

すると、近くにいた枢機卿《すうききょう》様に舌打ちをされてしまい、大司教様から慌てた様子でたしなめられました。大司教様は人差し指を口元に当て、余計なことは言うなとばかりに首を横に振っている。

……昔、シリウス先生と新大陸の可能性について話したことがあります。まさか本当に存在しているとは――驚きです。

ただ、他の皆さんの反応を見ると、これまでも水鏡で新大陸を目にしたことがあったのでしょう。

だって、驚いた様子はまったくないもの。

教皇様は小さく息を吐き、話を進める。

『――愚《おろ》かにも、彼らはセイルレーンの神々の加護を受けていることを知りません。それは、とても罪深きこと……。よって、彼らを救済することはありません。それでは次――』

『お待ちください、教皇様!!』

私は、無礼を承知で声を上げた。

枢機卿《すうききょう》様は額に青筋を浮かべ、大司教様は真っ青な顔をしている。姫巫女様は、呆《あき》れた表情だ。

それでも、声を上げずにはいられない。

病《やまい》に苦しむ人々を救済することなく、スルーしてしまうなんて！

『またあなたですか……聖女リリアナ』

教皇様は、うんざりしたような声を出す。

『もちろん！　なぜ救わない！　同じ、人間なのに!!』

うぅ……こういうとき、うまく話せないのは歯痒《はがゆ》いです。

とはいえ、今はこの思いを伝えるほうが先決。

文法が間違っていても気にしていられません！

『……聖女リリアナ。彼らは、セイルレーンの神々の加護を受けていることを知らないのですよ。信心のない愚《おろ》かな者を救済する必要はありません。……確かに彼らは人間です。ですが、わたくし達と同じ人間ではありません。無知というのは、とても罪深きことなのですよ』

教皇様の言葉に、私は目を見開く。

同じ人間じゃないだなんて……

そんな言葉を、セイルレーン教会のトップに立つ方から聞きたくありませんでした！

『じゃあ、彼らを……えっと、見捨てるというの？　人々を救う、のが……教会なのに！　今まで
だって、そうです。……お布施《ふせ》が少ない……と言って、セイルレーンの人々も、救ってはこなかっ
た！　そんなの……本当はおかしなことです!!』
――そう。私がこの礼拝を苦手としているのは、そこが一番の理由なんです。
お布施《ふせ》が少ない国は救わない。
そんなの、あんまりだよ……
けれど、私の言葉は教皇様に届きません。
これまでも何度か声を上げましたが、いつもたしなめられておしまい。
今日も、教皇様は深いため息をつきながら言いました。
『聖女リリアナ……わたくし達が救済するのは、セイルレーンの教えを守る者のみ。神々を深く信
奉しているのであれば、それは自《おの》ずと行動に表れます。その信心深さこそ、お布施《ふせ》に繋《つな》がるのです。
それを、まるでわたくし達が金の亡者のような言い方をして――失礼かつ、皆を侮辱《ぶじょく》しています』
すると、枢機卿《すうききょう》様や大司教様達がその通りだと頷《うなず》く。
――そんなこと、ない。
神様を深く信じていても、充分なお布施《ふせ》ができない人だっているはず。毎日、真摯《しんし》な祈りを捧げ
ているのに、お金がなければ救われないなんて……間違ってます！
『教皇様は……死の恐怖をご存じないから……簡単に命を切り捨てられるのです！　人の命は尊い

もの！　彼らは死の恐怖と……戦っている！　どうかお願いです……助けてあげてください!!』

――私は知っています。

だって、私は一度死んだから。

前世の最期《さいご》の記憶――交通事故に遭《あ》い、意識が薄れていくときの恐怖。そして、大好きだったお母さんを一人にしてしまうことへの悲しみ。

目頭を熱くしながら教皇様を睨《にら》みつけると、彼女は聖笏《せいしゃく》をカンッと床に叩きつけた。

『……死の恐怖？　そんなもの、誰よりも私は知っています。そして、運命を変えてまで生き残ったことの罪深さも……』

教皇様は、悲しげな表情で唇を噛む。

先ほどと様子がまるで違う。その急激な変化に、私は首を傾《かし》げた。

『教皇様……過去に、何かあったのですか？』

すると、教皇様はハッとした様子で、また険しい表情を浮かべる。

『いいえ、なんでもありません。とにかく、いつもいつも儀式を中断するような真似は許されませんよ、聖女リリアナ。次また中断させるようなことがあれば、しばらくは礼拝への参列を控えてもらいます。いいですね。……それでは、今日の救済は終わりとしましょう』

教皇様の言葉に反応し、水鏡の水面《みなも》が波打ちはじめる。やがて病《やまい》に倒れる人々の姿は掻《か》き消えてしまった。

水面《みなも》は静けさを取り戻す。そこには、眉根を下げた自分の顔が映っているだけだった。

『あっ⁉』

広い庭を駆けまわる、無邪気な子供達。彼らを眺めていると、先ほどの礼拝でささくれだった心も癒《いや》されます。

「……」

私は隣に座り込む少年をチラリと見て、首を傾《かし》げた。

すると、少年から訝《いぶか》しげな声が上がる。

「なんだよ、姉ちゃん」

「いえ、ブラッドは皆と一緒に遊ばなくていいんですか？」

「いいんだよ。だって今は、せっかく姉ちゃんが……って、なんでもねえよ」

ブラッドは顔を赤く染めて、照れたようにそっぽを向く。

「うふふ、そうですね。ゲオニクス王国から聖域に来るまで毎日一緒にいましたが、今はそうもいきませんからね……」

ここは、教会の保護下に置かれた養護院。大神殿からさほど離れていない場所にあります。

さまざまな奇跡を起こすセイルレーン教会ですが、もちろんすべての人を救うことはできません。

それはお布施《ふせ》云々《うんぬん》の話とは別に、救済が間に合わず、中には親を亡くして生き残った子供達だっています。

そういう子供達を集めて保護しているのが、この養護院。

シドさんが手続きをしてくれて、ブラッドはここで暮らすことになりました。

同じ年頃の子供達もたくさんいるし、ブラッドにとってはいい環境だと思う。

……それに、元気いっぱいな子供達の姿を見ていると、私も勇気づけられる。だからこうして時々、訪れているんです。

私は、ブラッドの頬にそっと手を伸ばす。

すると、ブラッドがビクリと身体を震わせた。

「なっ、なんだよ、姉ちゃん！　いきなり!!」

「――目の前にいる相手になら、こうして手を差し伸べることができるのになって」

けれど遠くにいる人達に、私の手は届かない。どうすれば、手が届くんだろう。

……もっともそれは、ひどく傲慢《ごうまん》な考えなのかもしれないけれど。

私の言葉に、ブラッドは不思議そうな表情を浮かべる。

「意味わかんね。姉ちゃん、それどういう意味だよ」

そうですよね、意味不明ですよね。

とはいえ、今日の礼拝についてブラッドに話すわけにはいきません。

私は話を変えるべく、ブラッドの頬をぐにっとつまんだ。

「ブラッド……出会ったときに比べて、随分《ずいぶん》とお肉がついてきましたね」

うんうん。これぞ、子供らしい柔らかな感触。ゲオニクス王国で見たときは、痩せ細っていて、つまめるお肉なんてなかったもの。

「なっ！　に、肉って……それってデブってことか⁉」

ブラッドは勢いよく私の手を振り払い、座ったままじりじりと後ずさる。

あぁ、もっと触っていたかったのに。

「えぇー、ぷにゅぷにゅで可愛いじゃないですか。それに、ブラッドは全然太っていませんよ。むしろ、もっと太っていいくらいです」

「なんだよ、姉ちゃん。今日はなんか塞《ふさ》ぎ込んでると思ってたら、不思議なことを言いはじめて……挙《あ》げ句《く》の果てには太れとか……言ってる意味がわかんねぇよ。姉ちゃん、今日は一体何しに来たんだ？」

その言葉に、私は当初の目的を思い出す。

癒《いや》しが欲しかっただけでなく、もう一つ目的があったんでした。

「そうそう、実はブラッドに渡したいものがあるんです」

私は肩から下げていた鞄《かばん》を開け、あるものを取り出す。そして、それをブラッドに差し出した。

「……なんだよ、姉ちゃん？　この布袋は？」

ブラッドは、私が差し出したものを不思議そうに眺める。

「これはですね、お守りです。ここに来るまで毎日一緒にいられましたが、今はそれも難しくなってしまいましたからね。だから、ブラッドにいいことがありますように、元気でいてくれますように、と願いを込めて作ってみたんです。お守りはね、悪いことからも身を守ってくれる優《すぐ》れものなんです。きちんと持っていてくださいね」

聖域に来てからというもの、なかなか気が休まる時間がなくて、カロリーナさんにも心配されていた私。何か気分転換をしてはどうかと言われて、裁縫道具と布を用意してもらったんです。

針仕事をしていたら、気も紛れるかと思って。

ブラッドの手にお手製のお守りを握らせると、訝《いぶか》しげな顔でそれを見つめている。

……うん、その反応も仕方ないよね。

だってこちらの世界には、お守りなんてないもの。

できればずっと持っていてほしいけど、ブラッドは育ちざかりの男の子。

すぐになくしちゃうかもなぁ。

そんなことを考えていると、前方から小さな叫び声が聞こえた。

「きゃっ」

そして次の瞬間、幼い少女の泣き声が響きわたる。

「うわぁ〜ん！　痛いよぉ〜〜」

どうやら駆けまわっていた少女が転んでしまったらしい。

私は転んだ少女に急いで駆け寄るが、それよりも早くブラッドが駆けていく。

「おい、大丈夫か？　膝が血まみれじゃないか」

ブラッドは少女を助け起こし、心配そうな声を上げる。

私もようやく二人のもとに辿り着いたんだけど……

あぁ、これって地味に痛い怪我です。

「大丈夫ですか？　すぐに手当てしますからね」

「いや！　だってお薬、しみるもの!!」

少女は目に涙を浮かべながら、首を横に振る。

確かに、傷口を水で洗って薬草で消毒するとき、かなりしみますよね。

「痛いのはいやだもんね」

「でも、お薬塗《ぬ》らないと治らないよ」

周りに集まってきた子供達が口々に言う。

う～ん、どうしよう。

私はこの養護院に正体を隠してやってきています。

だから、皆は私が聖女だと知らないんだけど――

ここは、仕方ないか。

私は少女の膝に手のひらをかざして、にっこり笑う。

「大丈夫よ。ほら、痛いの、痛いの飛んでいけぇーー」

すると、少女の傷がすぅっと治っていく。

「嘘……もう痛くない……」

私は鞄《かばん》から手巾《ハンカチ》を取り出し、少女の膝の血を拭《ぬぐ》う。そこには、傷痕も残っていなかった。

「はい。これで治療はおしまいです。これからは転ばないよう気をつけてね」

少女は信じられないといった様子で、コクリと頷《うなず》いた。

「すげぇー！　本当に治ってる!!」

「癒《いや》しの力？　私、はじめて見た！　本当にあったんだ！」

癒《いや》しの力を持つ者――治療師は、とても稀少《きしょう》な存在。

本当は、無闇《むやみ》に使わないほうがいいんだけど……

元気いっぱいな子供達のためだったら、少しくらい、いいかな。

目を輝かせている皆を微笑《ほほえ》ましく見ていると、そのうちの一人が声を上げた。

「なぁ、綺麗な姉ちゃん！　他にも何かできるんだろう？　やってみせてくれよ!!」

「わぁ！　見たい見たい！」

うーん、とはいえ何もないのに魔法を使うのはなぁ。

「怪我をしている子がいたら診《み》てあげます。でもね、何もないときに力は使えないの。それに、このことは私達だけの秘密よ。じゃないと……」

「「「じゃないと？」」」

「私の力を狙った悪い人に、攫《さら》われちゃうかもしれませんからね」

私の言葉に、子供達は「きゃあっ」と声を上げる。

けれど、怖がっているというより楽しそう。

「わかった！　俺、言わないよ!!」

「そうだよ！　私達で綺麗なお姉ちゃんを守らなくっちゃ!!」

この分なら、大丈夫かな？

にこにこしながら子供達を見ていると、スカートの裾をクイッと引っ張られる。視線を落とせば、やんちゃそうな男の子が私のスカートを引っ張っていた。

「なぁに？　どうしたの？」

「なぁ、姉ちゃんが癒《いや》しの魔法を使えること、絶対に言わない。そのかわり……」

そのかわり？

「……俺が怪我したときも姉ちゃんに治してほしいんだ。俺、よく怪我するから……」

「なんだ。そんなことでしたか。お安いご用です。でも、治してもらえるからって、危ないことをしてはいけませんからね」

そう言うと、男の子は嬉しそうに飛び跳ねる。

「やったぁ！」

「ちょっと、一人だけズルいわよ！　ねぇ、私が怪我したときも治してくれる？　秘密は絶対に守るから!!」

「ふふ、皆が怪我をしたときには、治してあげますよ。だから安心してくださいね」

私の言葉を聞いて、子供達は元気よく飛び跳ねる。

そんな中、ブラッドが心配そうに尋ねてきた。

「姉ちゃん、そんなに安請け合いして大丈夫か？　いくら姉ちゃんがアレだからって……」

「大丈夫ですよ。……私ね、誰かのために何かをしたいんです。私にできるのは小さなことばかりだけど、それでも、人の役に立ちたい」

「姉ちゃん……。なぁ、やっぱり、なんかあったんだろ？　姉ちゃんの立場って、いろいろ大変だと思うし。もし、辛いことがあったんなら、姉ちゃんが俺を救ってくれたように、今度は俺が姉ちゃんを救うよ。だから、なんかあったらすぐに俺に言えよな！　そしたら、一緒にここを逃げ出そうぜ!!」

まだ幼いブラッドにこれほど心配させちゃうなんて、私はダメダメですね。

しかも——

「うふふ、まるで駆け落ちの台詞《セリフ》みたいですね。かっこいいですよ、ブラッド」

私がそう指摘すると、ブラッドは顔を真っ赤に染める。

「なっ、何言ってんだよ、姉ちゃん！　俺は今、真剣に姉ちゃんの心配をしてたっていうのにさ!!」

ブラッドは、私に茶化されたと思ったのでしょう。

だけど、本当にかっこいいと思ったんですよ。

まだ幼いのに、こんなことを言えるなんて、将来が楽しみですね。

私は膝を折って、ブラッドをふわりと抱きしめた。

「なっ、なっ、何してんだよ、姉ちゃん!?」

「ありがとうね、ブラッド。……でも戦う前に逃げるのは、私の性に合わないの。だから逃げるのは、思いっ切り戦ったあとにするよ。……それまでは、私の応援をしていてちょうだい」

ブラッドの耳元でそう囁《ささや》けば、それに応《こた》えるようにギュッと抱きしめ返される。

大丈夫。私はまだ戦ってもいないんだから。

必ずや、勝利を掴んでみせます!!


数日後――

『それでは、礼拝をはじめる』

教皇様の言葉に、今日も皆が水鏡を覗《のぞ》き込む。

どうか、すべての人達が救済されますように……

私は心の中で、強く願った。

『神々よ、苦難に打ち震えている民達の姿を映し出してください』

すると水面《みなも》がゆらりと揺れ、映っていた私達の姿が掻《か》き消される。

しばらくの間、波打っていた水面《みなも》は、やがて水没した家々と逃げまどう人々を映し出した。

これは……水害……

この様子からして、すでに多くの人が被害に遭《あ》っているだろう。

『これは一体、どこで起きていることかしら？』

教皇様の問いかけに、水面《みなも》は再び揺れて地図を映し出す。

『学芸の女神様の加護する、ノルディス王国ですか……』

すると、枢機卿《すうききょう》様がいつものように、教皇様に進言する。

『ノルディス王国の王族から、つい最近、多額のお布施《ふせ》があったばかりです。信心深き彼らを救うことを神々もお望みでしょう』

……いつもいつも、お布施《ふせ》のことばかり。

本当に、聞いていて嫌になります。

けれど、この流れだと救済されるはず。大人しく黙っていることにしましょう。

教皇様は大きく頷《うなず》き、口を開く。

『わかりました。しかしこれは、私の手に余りますね……。姫巫女よ、救済を』

聖笏《せいしゃく》をシャンと鳴らしながら、姫巫女様を指名する教皇様。

『はい。かしこまりました……』

姫巫女様は一歩前に進み出て、水鏡に向かって声を上げる。

『精霊よ、可愛い私の子よ。お聞きなさい。荒ぶる力をおさめなさい。水の精霊は荒々しいものではないでしょう。私は破壊を望まない。彼《か》の君も望んではおられないわ』

姫巫女様の呼びかけに、水流の勢いがみるみる弱くなっていく。

よくよく目を凝《こ》らしてみると、その水流の中に、少年や少女の姿が視《み》えた。彼らはきっと……

「精霊だ……」

思わずそう呟《つぶや》いてしまう。

光の精霊であるルーチェに守護される私は、他の精霊の姿を視《み》ることができます。

だけど、ルーチェ以外の精霊を視《み》たのははじめて！

ただ、この世界の至《いた》るところに精霊はいるみたい。ということは、私、避けられているんですかね？

考えごとにふけっていると、大司教様が声を潜《ひそ》めて話しかけてきた。

『聖女リリアナ。ここでは古神語《こしんご》を使うように。……しかし今、「精霊だ」とおっしゃいましたね。聖女リリアナは、精霊の姿が視《み》えるのですか？』

しまった!!

精霊の守護を受けていることがバレないように、ルーチェに寂《さび》しい思いまでさせて隠れてもらっているのに……

いや、でも大丈夫！

完全にバレたわけではありません。きっと、まだ誤魔化《ごまか》せるはず！

私は大司教様に、にっこりと微笑《ほほえ》む。

『失礼……いたしました。古神語《こしんご》に不慣れなもので……言葉には以後、気をつけますわ。……「精霊だ」と呟《つぶや》いたのは、姫巫女様がお願いされた途端……水流の威力がなくなったものですから。精霊のお力だと思い……つい口に出てしまっただけです。紛らわしい……言い方をしてしまいました』

そう言って水鏡に目を向けると、完全に水が引き、安堵《あんど》する人々の姿が映し出されている。

『そういうことでしたか。いやはや、姫巫女様のお力は本当に素晴らしい。さすがは、精霊に愛されし姫巫女様』

大司教様は、私の言葉に納得してくださったみたい。

ふぅ、危なかった。危《あや》うく自滅しちゃうところでしたよ。

『これにて、憂《うれ》いはなくなりました。ノルディス王国には神の奇跡の布告と、今後の支援を申し出るように。……姫巫女よ、よくぞ奇跡を起こしました』

『これくらい、当然のことにございます』

教皇様の賛辞に、姫巫女様は一礼をして下がる。

教皇様は大きく頷《うなず》き、再び水鏡に向かって言った。

『それでは、次の奇跡を起こしましょう。水鏡よ、困っている民達を映し出してください』

すると水面《みなも》が波打ち、今度は作物を巡って争う人々や逃げまどう人々、路上にたむろする子供達の姿が映し出される。

これは、私も目にしたことがある光景……

間違いありません、ゲオニクス王国です。

『……尋ねなくとも、どこの国の出来事かわかりますね。戦いの男神様の加護する、ゲオニクス王国でしょう』

教皇様の言葉を肯定するかのように、水鏡は地図を映し出した。そこはまさに、ゲオニクス王国。

枢機卿《すうききょう》様は苦虫《にがむし》を噛み潰したような顔をしながら、教皇様に進言する。

『ゲオニクス王国は、相次ぐ内戦でとてもお布施《ふせ》どころではありません。……奇跡に値《あたい》しませんね』

『そうですね……。ゲオニクス王国は、これが常の姿。この国が、人々がそれを望んでいるのです。男神様もまた争いをお望みなのでしょう』

その言葉を聞いた瞬間、私の中で何かがぷつんと切れた。

『今……なんと、おっしゃいましたか？』

声を震わせながら尋ねると、皆の視線が一斉に集まる。

教皇様は、眉間に深く皺《しわ》を寄せて口を開いた。

『……聖女リリアナ。わたくしが前に言った言葉を忘れたの？　儀式を中断するような行為は、控えなさい』

『忘れてはいません！　しかし……ゲオニクス王国の人々が、この状況を望んでいる……という言葉は、撤回なさってください！　私は聖域へ来る際、ゲオニクス王国を……通ってきました。だから、知っています。人々が、この状況を嘆《なげ》き……悲しんでいることを。争いは……何も生みません。むしろ、失うものばかり。水鏡をご覧ください。……誰が、争いを望んでいますか？　彼らの瞳は、絶望と……悲しみの色を宿して、いるではありませんか!!』

思わず声を荒らげると、ひゅっと息を呑む音が聞こえる。

どうか、お願い。

皆……皆、気づいてください。

救済の基準がお布施《ふせ》の多寡《たか》で決まるなんて……そんなの、おかしいんです！

『……私は、ゲオニクス王国で、一人の少年と……出会いました。彼は、とても痩せ細っていました。その少年は、私のものを……盗んだ。それは、罪です。でも、事情を聞けば……致《いた》し方《かた》ない状況でした』

私は、ブラッドの顔を思い浮かべながら、必死に話す。

『身内を亡くし……戦災孤児になり、彼を引き取った親族は……奴隷のように働くことを、強《し》いたそうです。彼は、生きるために……逃げ出しました。盗みを働きました。でも、考えてみてください。……ご両親を亡くしたのは、彼が望んだからですか？　奴隷のように扱われたのは、彼が望んだからですか？　そんなはず……ありません。争いを望む人なんて、いません。……ゲオニクス王国の民達は、救済を望んでいます！　だからこそ、水鏡に……映し出されるのです！　ここに映し出された民達は……皆、救済を望んでいるのです!!』

周囲を見回すと、皆、どこかばつの悪そうな顔をしている。

私は両手の指をぎゅっと組み合わせ、水鏡に向かって叫んだ。

「どうか、どうか……未来が変えられますように！」

次の瞬間、カツーンと大きな音が響きわたる。

もしかしなくとも、これは教皇様が聖笏《せいしゃく》を床に打ちつけた音でしょう。

……顔を上げると、険しい表情をした教皇様と目が合った。

『聖女リリアナ。わたくしは言ったはずですよ。礼拝を中断させるなと。しかも、何事ですか。水鏡に映し出される人達はすべて救済を望む？　そんな戯言《たわごと》に耳を貸す者などいません！』

『戯言《たわごと》……』

教皇様の言葉に、私はショックを受ける。

ここまで言っても、伝わらないだなんて……

どうして？

私は、なおも必死に言い募《つの》る。

『教皇様……。戯言《たわごと》などではありません。どうか……どうか、救いの手を差し伸べてください。水鏡による救済が無理だというのであれば、教会から支援をしてはどうですか？　ゲオニクス王国の窮状《きゅうじょう》は、誰しもが知っているのですから――』

すると、教皇様は私の言葉を遮《さえぎ》り、嘲笑《ちょうしょう》を浮かべた。

『笑止《しょうし》！　これは、面白いことを言う。聖女リリアナ、あなたの両親はまともに教育もできなかったようですね。聖典の不文律《ふぶんりつ》も知らないだなんて!!』

教皇様は、私に憐《あわ》れみの目を向ける。

私はカッとして、反論の声を上げた。

『なっ……もちろん、セイルレーン聖典の内容は知っています。それを踏まえて、私は支援をお願いしているのです。それに……私をいくら侮辱《ぶじょく》しても構いませんが、私の両親を侮辱《ぶじょく》するのは……おやめください！』

『聖典の内容を踏まえて……？　あなたの発言はおかしなことばかり。各国に中立を誓うのが教会。ゲオニクス王国の内政に介入することなどできません。支援などしたら、それこそ聖典の不文律《ふぶんりつ》を破ることになります！』

――聖域へ向かっている途中、シドさんにも同じようなことを言われました。

私はぐっと拳《こぶし》を握りしめて、教皇様を見据える。

『いいえ、教皇様。聖典には……こうあります。「人が国境を越え、争うことを禁じた」と。つまり聖典は、困っている人に……救いの手を差し伸べるな、とは言っていません。事実、教皇様も水鏡を使って……多くの民達を救済してきました』

私はそこで一度言葉を区切り、呼吸を整える。

教皇様は、眉間に皺《しわ》を寄せてこちらを睨《にら》んでいた。

『……私の主張が、聖典に背いているのであれば……教皇様の行為も、不文律《ふぶんりつ》に背くのではないですか。……教会の基準で、支援する者を決め、見捨てる者を決める……それが、教会の他国への介入ではないと、言い切れるのですか！』

『……いい加減になさい、聖女リリアナ。ここは聖域。これ以上、そのような主張をするならば、神罰がくだりますよ』

――神罰。

かつて人々がさらなる大地と力を求め、神々を交えて争いを起こしたときに、創造神様は神罰をくだした。人々から、神の加護と魔法を取り上げたんです。

願いは叶わず、大地は荒れ、その時代は暗黒の時代と呼ばれています。

けれど――

『……そうですね、ここは神様にもっとも近い地。……すなわち、私が間違っているなら、すでに神罰がくだっているはず！』

私は右手を大きく上げて、詠唱《えいしょう》する。

「どうかお願いです、私の手に炎を生み出せ」

すると、私の手のひらに火球が出現する。

教皇様は、より一層顔をしかめた。

『……このように、私はいまだ魔法を使うことができます。……もし私の主張がおかしいのなら……神様は、すぐにでも私から魔法を取り上げるのでは、ないですか⁉』

怒りにまかせてそう叫ぶと、教皇様は真っ青な顔で身体を震わせた。そして――

『今すぐ聖女リリアナを取り押さえなさい！　皆の者、戯言《たわごと》に耳を貸してはなりません‼』

教皇様の言葉に、その場にいた全員がびくりと身体を震わせた。

枢機卿《すうききょう》様や大司教様は戸惑った様子だったけれど、すぐに私を取り押さえようとする。

『離して！　私の話を聞いてください‼』

『いいえ、耳を貸してはなりません！　聖女リリアナ！　礼拝の間への入室を禁じます！　頭を冷やしなさい‼』

……こうして、私は礼拝の間から引きずり出されたのだった。


――数日後。

（はい、どーぞ、リリアナ）

どんより落ちこんでいる私の髪に、ルーチェは色とりどりの花を挿《さ》していく。

（……ルーチェ。私は剣山《けんざん》じゃありませんよ。そんなにお花をブスブス挿《さ》さないでください）

心がささくれだっていた私は、ついルーチェに冷たい言葉をかけてしまう。

けれどルーチェは、不思議そうな表情を浮かべただけ。

（剣山《けんざん》？　剣がたくさん刺さってる山のこと？　リリアナとどういう関係があるの？）

首を傾《かし》げながらふわりと空中を舞うルーチェ。そのはずみで、小さな手に抱えていた花が私の頭上に降り注《そそ》いだ。

ひらひらと舞い落ちてくる花を見て、聖域へやってきた日を思い出す。

あの日、神官の皆さんが花びらを降らせてくれたんですよね……

綺麗だったな。

教皇様からは、聖女としての務めを果たしてほしいと言われたわけだけど――

先日、教皇様に礼拝の間から叩き出されてしまった私。

以来、礼拝への参列を禁じられただけでなく、自室での謹慎《きんしん》も命じられました。

なんでも私は危険思想の持ち主で、周囲の高位神官に悪影響を与える可能性が高いとのこと。

危険思想なんかじゃないのに……

謹慎《きんしん》生活がはじまって、かれこれ一週間。特にすることもなく、こうして部屋にこもりっきりだと気分も沈んでしまいます。

私は深いため息をついた。

一方のルーチェは、床に落ちた花を機嫌よく拾い集めて、再び私の頭に挿《さ》しはじめる。

謹慎《きんしん》になってから、私の部屋を訪ねてくるのは、お世話係のカロリーナさんだけ。

彼女もずっと部屋にいられるわけじゃないから、ルーチェが一緒にいてくれています。ただ、どういうわけかずっと私の頭に花を挿《さ》しているんだよね……

(ねぇ、ルーチェ……どうして私の頭に、花を挿《さ》すの？)

不思議に思って尋ねると、ルーチェはキリッとした顔で答える。

(当たり前だよ！　このままじゃリリアナ、負けちゃうでしょ！)

……どうしよう。

会話が噛み合っていません。

う～ん。ルーチェは何が言いたいのかな？

あ！　もしかして、礼拝の間での出来事をこっそり見ていたとか？

それで、教皇様に負けるなって、私を励ましてくれているのかもしれません！

そうだよね、このまま部屋で落ち込んでいるだけじゃ何も変わらないよね。

(ルーチェ……ありがとう！　私、教皇様に立ち向かいます！)

拳《こぶし》を握りしめて闘志《とうし》を燃やす私に、ルーチェは首を傾《かし》げる。

(どうして、ありがとうなの？　立ち向かう？　教皇様って人は、リリアナの敵なの？)

あれ、また会話が噛み合っていません。

（礼拝の間での出来事を見ていたから、私を励ましてくれたんじゃないの？）

（礼拝の間？　なぁに、それ？　ルーチェが言いたいのは、このままじゃ精霊の姫巫女に負けちゃうってことだよ!!）

（……は？）

予期せぬ会話の流れに、私は間抜けな返事をしてしまう。

（えっと……どうして姫巫女様との勝ち負けの話になるの？　そもそも私と姫巫女様は、勝負なんかしていないんだよ、ルーチェ）

そう説明すると、ルーチェは小さな頬をぷくっと膨《ふく》らませた。

（えぇー、リリアナにぶい！　リリアナの髪にお花をたくさん挿《さ》してあげてる時点で、悟ってよね！　もう、リリアナは全然わかってないなぁ）

……うん。そもそも、どうして花を挿《さ》すのか尋ねたわけだけど――どうしよう、話が堂々巡りです。

（ルーチェ、私にもわかるように説明してくれる？）

（仕方ないな！　このお花は、精霊の愛の証《あかし》！　精霊王様は姫巫女のことがとっても大好きで、精霊の皆も、王様の思い人が大好きなの。だから力を貸したくなるし、綺麗なお花で身を飾ってあげたくなるの。精霊王様のかわりにね）

なるほど。姫巫女様は、精霊王様に愛されているから、精霊にも好かれているってことなんだね。

さすが姫巫女様！　そんな大物に愛されているなんて、すごいです。

感心する私をよそに、ルーチェは話を続ける。

（でも、リリアナだってお姫様でしょ？　このままじゃ負けちゃうから、ルーチェが手伝ってあげてるんだよ！　やっぱり、お姫様はお姫様らしくしなくっちゃ!!）

お姫様、再び！

大神殿にやってきた日にも、ルーチェにお姫様と呼ばれましたよね……

私はお姫様じゃないよって、ちゃんと教えたのに。まぁ、ルーチェはまだ幼いから仕方ないかな。

ため息をつきつつ、私は気になったことをルーチェに尋ねる。

（ねぇ、ルーチェ。精霊王様のかわりに、精霊達が姫巫女様に力を貸したりお花をあげたりしているって言ってたけど……姫巫女様のことが大好きなら、精霊王様が自《みずか》ら力を貸してあげたり、お花で愛情を示してあげたりしたらいいじゃない？）

そのほうが精霊王様のお気持ちが姫巫女様に伝わると思うんだけど。

私の疑問に、ルーチェはびっくりした顔で答えた。

（えっ？　リリアナ知らないの？　精霊王様は人間界に来ることができないんだよ？）

あれ？　でも、精霊はすべての界を行き来できるはず……

人間界に渡ることを禁じられたのは、神様だけだと聞いています。

その話をルーチェにすると、宙をくるくる飛びながら説明してくれた。

（普通の精霊ならそうだね。でも、精霊王様は特別なの。精霊王様はとっても強い力の持ち主。私達の王様。だから力が強すぎて、人間界には来れないの。……ねぇ、リリアナは、精霊がどうやって生まれてくるか知ってる？）

ルーチェは、可愛らしく小首を傾《かし》げて尋ねてくる。

（精霊がどうやって生まれてくるか……？）

思いのほか難しい問いかけに、私は思わず考え込む。

そんなこと、これまで考えたこともなかった。

ふと、昔、シリウス先生が言っていた言葉を思い出す。

（『精霊は愛によって生み出され、この世に存在するあらゆる物質となる。そして、争いによって分離する。精霊は人々と自然の――世界の調和のために存在しているのではないか』）

これは、シリウス先生の師――ジェレミーお師匠様の言葉らしい。

でも、愛によってどう生まれてくるのかまでは、わからないな。

すると、ルーチェがこくこく頷《うなず》きながら言葉を続けた。

（うん。そうだね、愛によって……。だから、精霊王様はか――）

そのとき、部屋の扉をノックする音が響いた。

「聖女リリアナ様、お客様がいらっしゃいました」

この声はカロリーナさん！

「しょ、少々お待ちください‼」

ルーチェの話の続きはすごく気になるけど、今は隠れてもらわなくっちゃ！

私は声を潜《ひそ》めて、ルーチェに話しかける。

（ごめんね、ルーチェ、隠れてくれる？）

手を合わせてお願いすると、ルーチェはふわふわと上昇していく。

（うーん、もうちょっとお話ししたかったけど……いい子のルーチェちゃんは、リリアナの言いつけを守って隠れることにするよ）

（ルーチェ、ありがとう！）

（それじゃあ、またねーー）

ルーチェは可愛らしく手を振って姿を消した。

出会ったばかりの頃は我儘《わがまま》ばかりでしたが……いい子に成長したものです。

私がしんみりしていると、再び扉が叩かれた。

「聖女リリアナ様？　何かございましたか？」

「あ、ご、ごめんなさい！　どうぞお入りください‼」

慌てて返事をすると、扉がゆっくりと開かれ、カロリーナさんが顔を出す。

彼女は私を見て、驚いたように目を見開いた。

「まぁ、さすがは聖女リリアナ様です！」

両手の指を組んで、キラキラと瞳を輝かせるカロリーナさん。

……さすが？

どういうことだろう？

不思議に思って首を傾《かし》げた瞬間、何かがぱさりと床に落ちる。

あっ……しまった……!!

頭に手を伸ばすと、そこにはたくさんの花が――

……外すのをすっかり忘れていました。

ルーチェ、かなり無造作に花を挿《さ》してたよね。きっと、今の私はおかしな外見になっていることでしょう。

そんな私に、カロリーナさんがなぜキラキラした眼差《まなざ》しを向けてくるのか、謎ですが……

今はそれより、この見た目を誤魔化《ごまか》さなくちゃ！

「えっと……これはお洒落《しゃれ》です。でも、ちょっとやりすぎてしまったようですね」

私は、花を何本か抜いて髪をササッと整える。

「そ、それで、お客様というのは？」

そう尋ねた瞬間、扉の向こうから聞き覚えのある声が響いた。

「お転婆姫《てんばひめ》、久しぶりだな。なんでも随分《ずいぶん》なお転婆《てんば》をしたそうじゃないか」

「シドさん!!」

礼拝の間での出来事については、箝口令《かんこうれい》が敷かれています。……その場にいた人達からすれば、聖女ご乱心といったところでしょうか。とはいえ、私は間違ったことを言ったとは思っていません。箝口令《かんこうれい》が敷かれている以上、シドさんも詳しいことは知らないはず。ただ、査察官という立場上、何か噂は耳にしているのかもしれません。

扉の陰からひょいっと顔を覗《のぞ》かせ、心底面白いと言わんばかりに、ニヤニヤ笑っているシドさん。腹立たしい態度ではありますが、シドさんの顔を見た途端、妙にホッとしてしまって……

気がつくと、私はシドさんに抱きついていました。

「おぉっと、どうした？　お転婆姫《てんばひめ》が抱きついてくるなんて珍しい。明日は槍《やり》でも降るんじゃないか？」

相変わらず私を茶化してくるシドさんに、私は頬を膨《ふく》らませた。

「もう、茶化さないでください！　せっかく、久しぶりにお会いできたのに」

シドさんは、私の頬をつつきながらニヤリと笑う。

「なんだよ、寂《さび》しかったっていうのか？　そんなお転婆姫《てんばひめ》に朗報だ。例の件、許可が下りたぞ」

「例の件？」

なんのことだったか思い出せず、首を傾《かし》げると、シドさんは呆《あき》れた表情を浮かべた。

「おいおい、お転婆姫《てんばひめ》。この大神殿で別れる直前に、お願いしてきただろう？　忘れちまったのか？」

大神殿で別れる直前……

あっ！　もしかして、あの件かな？

私は、シドさんの服の裾を握って尋ねる。

「シドさん、本当に許可が下りたんですか⁉」

「ああ。これから行こうと思うんだが、どうだ？」

「もちろん行くに決まってます！　シドさん、ありがとうございます‼　そうと決まれば、すぐ向かいましょう‼」

そう言って急《せ》かすようにシドさんの手を引くと、苦笑されてしまった。

「こらこら、落ち着けって、お転婆姫《てんばひめ》」

――とそのとき、思わぬところから鋭い声が上がった。

「少々よろしいですか？　先ほどから聞いていれば、お転婆姫《てんばひめ》、お転婆姫《てんばひめ》と……聖女リリアナ様に対して、その呼び方はなんですか⁉　聖女様がお優しいからと、それに甘えてはなりません！　それに、リリアナ様を案内するのは世話係の私と決まっています！　場所を教えてください、私が案内しましょう！」

カロリーナさんはそう言って、シドさんの前に仁王立《におうだ》ちする。

「カッ、カロリーナさん？」

まだ付き合いは短いですが、こんなに怒ったカロリーナさんを見るのははじめてです。

私が戸惑っていると、シドさんは眉間に皺《しわ》を寄せて口を開いた。

「お前はただの世話係だろう。でしゃばるな」

その冷たい声に、カロリーナさんは悔しそうな表情を浮かべる。

「……わかりました。ですが、私はリリアナ様のお世話係。リリアナ様の行くところであれば、たとえ火の中、水の中、ついてまいります。ですから、私もおともさせていただきますわ！」

そんなカロリーナさんの主張に、シドさんはますます怖い顔をする。

二人の間に、火花が散っているみたい……

どうして、こんなことに!?

やがてシドさんは、長いため息をつきながら言いました。

「……これから向かうのは、特殊な場所だ。教皇様が許可されたのは、俺とお転婆姫《てんばひめ》のみ。世話係が同行していいとは言われていない。お前が何を言おうと、無理なものは無理だ。諦めろ」

すると、カロリーナさんの表情が一気に曇る。

「どうして私と聖女リリアナ様を引き離すのですか？　……礼拝のときにも何があったのか教えていただけませんでした。ただ、リリアナ様はこうしてお部屋で憂《う》き目にあっていらっしゃる……せめて私がお傍についていられたら、何があってもお守りいたしますのに……」

唇を噛みしめて、悔しそうに言うカロリーナさん。

……そこまで私のことを考えてくださっていたなんて。申し訳ない限りだよ。

私はカロリーナさんに歩み寄り、ほっそりとした綺麗な手を取る。その手は、小さく震えていた。

「カロリーナさん、心配してくれてありがとうございます。でも、安心してください。シドさんはチャラチャラした風貌をしていますが、こう見えてキチンとしたところもあるんですよ。私は、何度となく助けられてきました。……礼拝の間で起きたことは、私自身が望んで行《おこな》ったこと。詳しい説明ができなくて、ごめんなさい。でも、私は大丈夫ですから！」

にっこり微笑《ほほえ》みかけると、カロリーナさんがじっとこちらを見つめてくる。

「本当に……本当に大丈夫なのですか？」

私は、力強く頷《うなず》いて答えた。

「ええ、もちろんです。ちゃんと、元気にこの部屋に戻ってきます。ですから、そのときは一緒にお茶をしましょうね」

カロリーナさんは、一瞬眉根を寄せて険しい表情を浮かべた。

「……せっかく……プリシラに……と……ったのに……」

そして何か呟《つぶや》いたのだけれど、その声はあまりにも小さすぎて、よく聞こえなかった。

「カロリーナさん、今、なんとおっしゃったのですか？」

「……いいえ、なんでもありませんわ。美味《おい》しいコーヒーを用意しなくては、と言っただけです。聖女リリアナ様がお戻りになりましたら、オリヴィリア領の美味《おい》しいコーヒーを淹《い》れますわね」

カロリーナさんが笑顔で返してくれたので、私はホッとする。

「それは楽しみです」

「ええ、楽しみになさっていてください。……では、どうぞ行ってらっしゃいませ」

カロリーナさんに見送られ、私はシドさんと一緒に廊下を進む。

「……ねぇ、シドさん。さっきは、どうしてカロリーナさんに突っかかったんですか？　喧嘩腰でしたし……シドさんらしくないですよ」

しばらく歩いたところで、私はシドさんに尋ねる。

「俺じゃなく、あの世話係が突っかかってきたんだ。……それにしても、カロリーナか。お転婆姫《てんばひめ》、あいつには気をつけたほうがいいぞ」

「どうしてですか？　あんなに私のことを心配してくれているのに……そういう言い方はひどいです！」

カロリーナさんは、古神語《こしんご》が苦手な私のために共通言語で話しかけてくれたり、謹慎中《きんしんちゅう》も何かと部屋を訪れてくれたりする、優しい方。

私はシドさんをキッと睨《にら》みつけるが、シドさんは意に介した様子もなく飄々《ひょうひょう》としている。

「……ちなみに、どうしてシドさんはそう思ったのですか？」

「勘だな。勘」

「勘!? 勘だけでそんなことを言うなんて、やっぱりひどいですよ!!」

私はシドさんに、非難の目を向ける。

「……お転婆姫《てんばひめ》、俺をそんな目で見るな。言っておくが、俺の勘はすごいんだぞ。大抵当たるんだ。だからこそ、この仕事をやっていられる」

シドさんのお仕事は、セイルレーン教会内部の悪を懲《こ》らしめる、査察官。もっとも、その任に就《つ》いていることを知るのはほんの一部の人だけみたい。私は、以前巻き込まれた事件をきっかけに知っているんだけどね。

仕事柄、確かに勘の鋭さが必要になるのかもしれませんが……私を心配してくれているカロリーナさんを疑うのは、やっぱり納得いきません。

「今回は、珍しく勘がハズれているんじゃないですか？ 残念ですね、シドさん」

そう言ってそっぽを向くと、シドさんが険のある声で答えた。

「可愛くないな。そんな態度だから、礼拝の間への入室も禁止されてしまうんだ」

「……シドさんは、礼拝の間で何があったのか詳しく知らないでしょう？ それなのに、そういう言い方ってひどいです」

頬を膨《ふく》らませて反論する私。するとシドさんから、予想外の言葉が返ってきた。

「何を言ってるんだ、お転婆姫《てんばひめ》。礼拝の間で何があったのか、俺はすべて知っているぞ。お転婆姫《てんばひめ》も下手を打ったな。アレを使って、すべての人間を救済することは到底無理だ。だがゲオニクス王国の支援だけなら、立ち回り方によって実現できただろうに」

その言葉に驚き、私は足を止める。

「ど、どうしてシドさんがそこまで知っているんですか⁉」

聖域へ向かう途中、私はゲオニクス王国を支援したいと話しました。だから、それについてシドさんが知っていることには驚きません。

でも、シドさんは今『アレ』と言いました。きっとその言葉が指しているのは……聖遺物である水鏡のこと。

水鏡の存在を知るのは、教会でもほんの一握り。高位神官だけだと聞いています。

それなのに、シドさんがそこまで知っているなんて――

シドさんは器用に片眉を上げて、ニヤリと笑った。

「お転婆姫《てんばひめ》。俺は仕事柄、知らないことなんて何一つない。すべて知っている。だから、これくらいのことで驚かないでくれよ。ほら、足を止めてないで行くぞ」

私はシドさんに軽く背中を押され、再び歩きはじめる。

「……シドさん。そのことは、教皇様もご存じなんですか？」

「ん？」

「……シドさんが、すべてを把握していることです」

私はてっきり、礼拝の間での出来事をシドさんが知らないから、教皇様はこの『お出かけ』に許可をくださったのだと思っていました。

聖域に来たばかりの頃ならいざ知らず、教皇様が私のことを危険視している今、なぜ許可が下りたのでしょうか。

「……シドさんは何者なんですか？」

「勘の鋭い査察官だよ」

余裕の表情で答えるシドさん。

……きっと、これ以上は何も教えてくれないのでしょう。

「……私、シドさんのことを甘く見ていたのかもしれません」

そう呟《つぶや》くと、シドさんはおかしそうに笑った。

「そりゃ、考えを改めてもらえて何よりだ」

いろいろ腑《ふ》に落ちないことはあるけれど、シドさんが敵だとは思えない。

なんだかんだでいつも手を差し伸べてくれるシドさんのことを、信じましょう。

私は気を取り直して、シドさんに尋ねる。

「ねぇ、シドさん。先ほどシドさんは、ゲオニクス王国の支援だけなら、立ち回り方によって実現できたと言っていましたよね。それは、どういう意味ですか？　……礼拝の間で、教皇様はゲオニクス王国を支援する気がないように見えましたよ。……ゲオニクス王国だけじゃなく、お布施《ふせ》の少ない国は助けてもらえないようでしたけど」

「エミリアにも、立場ってものがある。枢機卿《すうききょう》や大司教の前で、好き放題はできないさ。……それに、エミリアは誰よりもアレの使い方を理解している。だからこそ、すべての人を救済しない。救済すればどんなことになるのか、身をもって知っているからな」

……どういうことなのか、ますますわかりません。

それだけじゃなく——

「シドさん、教皇様を呼び捨てにするなんて不敬ですよ！」

「……癖のようなものだな。見逃してくれ」

癖ってどういうこと？

なんだか、話せば話すほどモヤモヤが募《つの》っていきます。

「とにかく、私がうまく立ち回ればいいってことですよね？　だったら、次こそ目的を達成できるように頑張ります！」

私が拳《こぶし》を握りしめて締めくくると、シドさんはため息をつく。

「……頼むから、それ以外のことには注力しないでくれ。目的を達成したあとは、大人しく聖女として、何もせずに生きてほしい」

「もう、シドさん！　含みのある言い方ばかりしないでください!!」

せっかく流そうとしていたのに、これじゃ気になっちゃうよ。

私が頬を膨《ふく》らませると、シドさんは苦笑を浮かべる。

「含みなんてない、ただの本心だ。……それよりお転婆姫《てんばひめ》、実は一つお願いがあるんだ」

「お願い？」

「あぁ、手紙を書いてほしい」

意外なお願いに、私は目を見開いた。

「手紙……どなたにですか？」

「お転婆姫《てんばひめ》の元婚約者──クラウディウス王太子殿下宛に」

「王太子殿下に？」

私は、さらに驚いてしまいました。

確かに、きちんと挨拶《あいさつ》もできないままシェルフィールド王国を出たので、王太子様には不義理をしちゃったよね。

できることなら、謝る機会が欲しいと思っていました。

でも、シドさんからそんな提案をされるとは思ってもみませんでした。

不思議に思って首を傾《かし》げていると、シドさんは言葉を続ける。

「──クラウディウス殿下は今、あることに力を入れている」

「あること？」

何かの政策でしょうか。

「あっ！　もしかして福祉関係の事業ですか？」

治療院への寄付や、貧しい市民に向けた福祉の制度を整えようとしているんですよね。前に聞いたことがあります。

でも私の答えは不正解だったようで、シドさんから呆《あき》れた目を向けられる。

「まぁ、福祉の事業にも力は入れているが……そうじゃない。今、殿下が一番力を入れているのは、お転婆姫《てんばひめ》の奪還《だっかん》。お転婆姫《てんばひめ》を聖女から引きずり下ろそうとしているんだ」

「まさか、そんな⁉」

思わず大声を出すと、シドさんから「シッ」とたしなめられる。

「こらっ、お転婆姫《てんばひめ》。声がでかい」

「あ、すみません……。あの、それで今のお話なのですが……もしかして……それは私のため……ですか？」

私の言葉に、シドさんは長いため息をついた。

「それ以外に理由はないだろう。……まぁ、お転婆姫《てんばひめ》のためであり、自身のためでもあるな」

王太子様……一貴族の娘でしかない私をそんなに気にかけてくださるなんて、本当に、なんてお優しい方なんだろう。

「――シドさん。私は本当に恵まれているんですね」

まさしく果報者《かほうもの》です。でも……

「私のことを考えてくれてのこと……すごく嬉しいです。……ただ、私がシェルフィールド王国に戻れば、代わりに、まだ幼いラディがその任を負うことになるでしょう。そんな酷《こく》なことはできません。だから私は、聖女として生きていきます」

「お転婆姫《てんばひめ》なら、そう言うと思ったよ。今言ったことを、手紙にしたためてほしい。俺がその文《ふみ》を渡せば、さすがに王太子殿下も諦めるだろう。いらぬ軋轢《あつれき》も、生まずにすむ」

シドさんの言う通り、王太子様がセイルレーン教会に盾付《たてつ》いたなら、シェルフィールド王国と教会との間に深い溝ができてしまう。

そんなこと、あってはなりません！

「私、手紙を書きます。明日までには用意するので、また私の部屋を訪ねてもらえますか？」

「わかった。明日また、お転婆姫《てんばひめ》の部屋に行こう。……よし、ちょうど目的地にも辿りついたぞ」

お話ししながらだったので、あっという間でしたね。

私はシドさんが指し示した方向に目を向ける。

そこは、薄暗く不穏《ふおん》な空気の漂《ただよ》う……監獄でした。

……こんなところにいるだなんて。

私は顔を歪《ゆが》ませる。

「ほら、お転婆姫《てんばひめ》。突っ立ってないで行くぞ」

シドさんは鍵を取り出し、監獄へ続く入口の柵を開錠した。そして監視をしていた男性に通行証を見せ、奥に進んでいく。

「シドさん、待ってください！　置いていかないでくださいよ!!」

私は、慌ててシドさんのあとを追いかけた。

それからどんどん突き進み、最奥の監獄に辿り着く。

小さな天窓が一つだけついた狭い檻《おり》の中に、ベールを被った女性が立っている。

――そのとき、天窓から一筋の光が差し込み、ベールの隙間からのぞく金髪がキラキラと輝いた。

私とシドさんに気づいた女性は、ゆっくりとベールを外す。すると青空に似たスカイブルーの瞳と、優しげな顔立ちが現れた。

「プリシラさん……お久しぶりです。ようやく会えた！　あの事件から、ずっとプリシラさんのことが気がかりだったんです」

女性の正体は、プリシラさん。

そう、私はシドさんに、プリシラさんと面会したいと頼み込んでいたんです。

――彼女とは、砂漠の王国エルフィリアで出会いました。

太陽の男神様が加護をするエルフィリア。

プリシラさんは、その男神様の血を引くイリス家の出身です。神様の血を引くだけあって、彼女は未来を視《み》ることができます。

――一方、過去を視《み》ることができるのがシンシアさん。プリシラさんの双子のお姉さんです。

『災厄《さいやく》を回避すべく行動すれば、確かに死の運命から逃れられる人がいる。でも、その人達のかわりに、新たな死者が生まれるのよ――いくら災厄《さいやく》を回避しようとしても、形を変え、それは必ず起こってしまう。逃れる術《すべ》なんて、絶対にないの』

私は、シンシアさんの言葉を思い出す。

プリシラさんを守るため、彼女は自《みず》ら災厄《さいやく》を起こそうとしていました。そんな彼女を止めるため、プリシラさんは私に力を貸してくれたのですが……

結局止めることができず、シンシアさんはエルフィリア王国の王都に火を放ち、甚大《じんだい》なる被害が出てしまいました。

その後、シンシアさんは逃亡。プリシラさんは、お姉さんのかわりに大火の責を負うこととなりました。

イリス家は取り潰され、本来ならばプリシラさんも死刑になるところでしたが――

それでは、太陽の男神様の血が途絶えてしまう。そこで、プリシラさんの身を聖域であずかることになったのでした。

以来、プリシラさんがどうしているか、ずっと気になっていた私。

だからこうして再会できて嬉しい限りだけど、この扱いはひどすぎるよ。

眉根を寄せる私に、プリシラさんは優しく微笑《ほほえ》んだ。

「お久しぶりですね、リアさん。……いいえ、今は聖女リリアナ様とお呼びしたほうがいいかしら？」

「そんな他人行儀な呼び方はやめてください。私のことは、以前のようにリア……あるいはリリアナと呼んでください」

すると、プリシラさんはニッコリ笑って頷《うなず》く。

「わかりました。……リリアナさんが来るのはわかっていたのですが、ここでは身支度を整えるのも難しくて。このような姿でごめんなさい」

「いいえ。そんなこと、気になさらないでください！」

「うふふ、やっぱり……リリアナさんは、優しい方ですね。私が視《み》た通り」

それは、こっちの台詞《セリフ》です！　こんな場所でも、プリシラさんは変わらず優しい。

「……プリシラさん、ここでの生活は辛くないですか？」

気がつくと、私はそう尋ねていた。するとプリシラさんは、穏やかな表情で首を横に振る。

「リリアナさん、これは私が望んだこと。そもそも、生かされているだけ、ありがたいのです。……それより今は、リリアナさんが抱えている問題を解決する糸口を探しましょう。せっかく私のもとを訪れてくださったんですもの。リリアナさんは今、ゲオニクス王国を争いのない国にして、民達を幸せにしたいとお考えなのですよね」

「ど、どうしてそれを……」

目を見開く私に、プリシラさんは少し悲しげな表情で笑った。

「うふふ、リリアナさん、忘れたのですか？　私には、未来を視《み》る力があるんですよ」

「では、今日のことも未来を視《み》て……」

「ええ。お二人がいらっしゃることは、知っていました」

未来を視《み》る力……

本当にすごい力です。でも、時には視《み》たくないものが視《み》えてしまうことだってあるでしょう。

いつも穏やかで優しいプリシラさん。

大丈夫かな？　無理してない？

そんなことを考えていると、プリシラさんが口を開いた。

「私のことを心配してくれているんですね、リリアナさん。本当に優しい方……だから、私はリリアナさんの力になりたいんです」

プリシラさんは嬉しそうに微笑《ほほえ》み、こちらに向き直った。

「――リリアナさん、はじめに言わせていただきます。世界の人々すべてを救うのは、絶対に無理です」

強く言い切ったプリシラさんに、私は目を見開く。

「そんな……！　いえ、でもプリシラさんなら、例の存在をご存じですよね？　未来を視《み》る力で、ご覧になったことがあるはずです。アレを使えば、世界中の人々を救済することができるとは思いませんか？」

「いいえ。その力をもってしても、運命は変えられません。それでは……ダメなのです。同じことの繰り返しとなってしまう。その意味を、リリアナさんもすでにご存じのはずです」

やっぱり、プリシラさんは水鏡の存在を知っているみたい。

私は、一度深呼吸をしてから彼女に尋ねた。

「それはもしかして……エルフィリア王国の大火の際、シンシアさんが言っていた言葉に関係があるのですか？　その、死の運命に……」

プリシラさんは、黙り込んだまま。けれど、それは肯定しているようにも見えました。

「災厄《さいやく》を回避すべく行動すれば、かわりに新たな死者が生まれる……もしかしてその負の連鎖は、災厄《さいやく》に限ったことではないんでしょうか？　水鏡で誰かを助けても、かわりに新たな命が失われる……救っても救っても、救済は永遠に終わらないということですか？」

辿りついた答えを口にしたとき、私は絶望的な気分に陥《おちい》った。

こんな運命……悲しすぎます。

私のこの命だって、誰かの命の上になりたっているかもしれないなんて……

プリシラさんは、悲しそうに目を伏せている。

思わずシドさんを見ると、ただ無表情に立っていた。

その顔には、驚きも悲しみも浮かんでいない。

そこで、ふとある疑問が浮かぶ。

……どうして、シドさんはこの話に驚かないのでしょう？

未来を視《み》ることができるプリシラさん、過去を視《み》ることができるシンシアさんは、この悲しい運命を知っていてもおかしくありません。それに、教会のトップに立つエミリア教皇様も、きっとご存じなのでしょう。

では、シドさんは？

「……シドさん、今の話を聞いて驚かないんですね？」

先ほどのシドさんの言葉が蘇《よみがえ》る。

『エミリアにも、立場ってものがある。枢機卿《すうききょう》や大司教の前で、好き放題はできないさ。……それに、エミリアは誰よりもアレの使い方を理解している。だからこそ、すべての人を救済しない。救済すればどんなことになるのか、身をもって知っているからな』

その意味は、今ならわかります。

そして、シドさんが本当にすべて知っているのだということも。

「――言っただろう、お転婆姫《てんばひめ》。俺は仕事柄、知らないことなんてないと」

私は、ぎゅっと手を握りしめる。

査察官という仕事は、とても特殊なものだとわかっています。けれど、その仕事をしているからといって、ここまで重要なことまで知り得るものなのでしょうか？

――何か事件が起きると、いつもそこにいるシドさん。それにも、何か理由があるんじゃ……

どんどん疑惑が膨《ふく》らんでいく中、プリシラさんが口を開いた。

「リリアナさん、シド様がすべてを知っているのは当然のこと。なぜなら、彼《か》の君はシェル――」

次の瞬間、ひゅっと風を切る音が響いた。そして、プリシラさんの頬にじわりと血が滲《にじ》む。

何が起きたのかわからず、私は何度も瞬《まばた》きした。

やがてプリシラさんの背後の壁に短剣が刺さっているのが見えて、状況を理解する。

……シドさんがプリシラさんに向かって、短剣を投げたみたい。

「シ、シドさん、なんてことをするんですか！　プリシラさんは女の子ですよ！　もし顔に傷でも残ったら、どうするつもりですか⁉」

私は檻《おり》の柵から腕を伸ばし、プリシラさんの頬に手をかざした。

「どうかお願いです。プリシラさんの傷を治してください！」

すると、彼女の頬から傷が消えていく。

「よかった……」

安堵《あんど》した私は、再びシドさんに向き直る。

「シドさん、何か言ったらどうですか⁉」

鋭くそう糾弾《きゅうだん》すると、プリシラさんは焦った様子で制止の声を上げた。

「リ、リリアナさん、大丈夫です。私はなんともありませんから！　……私がいけないのです、異、い、い、いなる発言をしたから……。私の視《み》た未来で、シド様はこのようなことをされませんでした。余計なことを口にした、私が悪いのです」

「でも……！」

「いいのです、リリアナさん。リリアナさんにだってあるでしょう？　人に知られたくないことの一つや二つ」

うっ……そう言われてしまうと、確かにたくさんあります……

前世の記憶を持ったまま転生していることを筆頭に、知られたくないことのオンパレードです。

言葉に詰まっていると、シドさんが大きく頷《うなず》きながら言った。

「そうだぞ、お転婆姫《てんばひめ》。それに本人がもういいって言ってるんだ。だから、この話はもう終わり」

「……それ、絶対にシドさんが言っていい言葉じゃありませんから！」

シドさんの態度はまったく納得がいきませんが、これ以上、この話を引っ張るのはよくなさそう。

プリシラさんも、早く話題を変えたいようで、話を逸《そ》らしてくる。

「……とにかく、そういうわけで、すべての人々の救済はできないのです。ですからリリアナさんも、無闇《むやみ》やたらに手を差し伸べてはなりません。……とはいえ、もう遅かったようですが」

最後にプリシラさんが呟《つぶや》くと、シドさんは眉をキッと吊り上げる。

「どういうことだ？　お転婆姫《てんばひめ》、また何かやったのか!?」

すごい勢いで、私に詰め寄ってくるシドさん。

「そんな……私は何もしていません！　むしろ、何もできない状況ですよ……」

そう反論すると、プリシラさんが困ったように笑った。

「シド様、リリアナさんは特別な存在で、とても愛されています。ですから自《みずか》ら何かをしようと思っていなくとも、周りがリリアナさんのために動いてしまう。……今までだって、そうだったではありませんか」

「まったくもって、厄介なことこの上ないな……」

チッと舌打ちするシドさん。ひどい！

さりげなくショックを受けていると、監視の男性がこちらに歩いてきた。

「そろそろ面会時間の終了です」

「そんな！　まだまだお話ししたいことがたくさんあるのに！」

思わず声を上げると、シドさんが「あと少しだけ待ってくれ」と監視の男性に伝えてくれた。男性は、「仕方ないですね」と言って持ち場に戻っていく。

私がプリシラさんに向き直ると、彼女は穏やかな笑みを浮かべた。

「ゲオニクス王国のことですね？　――彼《か》の国では、それはそれは長い間、争いが繰り返されてきました。その歴史の中で、とてもたくさんの命が失われてきたんです。失われる必要のなかった命は、数えきれないほどあるでしょう」

その言葉に、私は胸が苦しくなる。

眉根を寄せて唇を噛みしめると、プリシラさんが言葉を続けた。

「リリアナさんが考えていらっしゃる通り、この世界において命の数は決まっています。それも、国ごとに決められているんです――けれど、ゲオニクス王国では決められた『死』よりはるかに多くの『死』が発生しています。長い間、ずっと……」

「……だから、災厄《さいやく》が起こらない？」

私の言葉に、プリシラさんが小さく頷《うなず》く。

そんな……そんな悲しいことってないよ！

私は手をギュッと握りしめて、決意を新たにする。

「……それなら、ゲオニクス王国の人々を絶対に助けます」

すると、シドさんがげんなりした声を出す。

「お転婆姫《てんばひめ》、くれぐれも忘れるな。救済していいのは、ゲオニクス王国だけ。それ以外は絶対にダメだ」

……命の数が決められているからでしょう。

けれど、目の前に助けを求めている人がいたら――私はそれを見捨てることなんてできない。

私はシドさんの言葉に頷《うなず》くことができず、ただ曖昧《あいまい》に微笑《ほほえ》んだ。

すると、シドさんが眉根を寄せる。

「お転婆姫《てんばひめ》、本当にわかっているのか？」

うっ、このままじゃ面倒なことになりそうです。

私は、慌てて話題を変える。

「そ、そういえば……最後に一つ、プリシラさんに聞きたいことがあったんです！」

「うふふ、知っています。リリアナさんが聞きたいのは、シンシアのことでしょう？」

プリシラさんは、にっこり笑って私を手招きする。

「シンシアには、過去を視《み》る力があります。だから、その力でもわからないよう、内緒にしましょう。リリアナさん、耳を貸していただけますか？」

プリシラさんに導《みちび》かれるまま、檻《おり》の柵に顔を寄せる。

すると彼女は、とても小さな声で思いを紡いだ。最後まで話し終えたプリシラさんは、少し恥ずかしそうに微笑《ほほえ》む。その温かい表情に、私も笑顔を返した。

「おい、なんの話をしていたんだ？」

訝《いぶか》しげなシドさんに向かって、私は答える。

「うふふ、なんでもありません！」

この話は、私とプリシラさんだけの秘密ですから――

プリシラさんと面会した翌日、私はクラウディウス王太子様への手紙をシドさんに渡しました。

それから数日間、部屋にこもって過ごしたわけだけど……

「ようやく自由の身です！」

今日、謹慎《きんしん》が解けました！

依然《いぜん》として礼拝への参列は禁じられていますが、外出はしていいことになったんです。

私はさっそく、ブラッドのいる養護院へ向かうことにしました。カロリーナさんと、護衛の男性二人も一緒です。

一人で大丈夫だと言ったんですが、心配だからとカロリーナさんに押し切られてしまいました。

「あれっ……なんでしょう、あの人だかり……」

養護院の入り口に、たくさんの人が集まっている。

このままだと、とても中に入れそうにないよ。一体、何があったんだろう？

首を傾《かし》げていると、カロリーナさんに手を引かれた。

「聖女リリアナ様、ここは人が多くて危険です。裏口に回りましょう」

その場をそっと離れて、養護院の裏手に回る。そこには誰の姿もなく、すんなりと敷地の中に入れました。

そのまま建物の入り口に向かって歩いていると、ちょうど前方からブラッドがやってきた。

「あ、姉ちゃん！　久しぶりだな！　元気にしてたか？」

ブラッドは私の姿を見て、勢いよく走り寄ってくる。

「久しぶりですね！　ブラッドは元気にしていましたか？」

私は挨拶《あいさつ》しながら、ブラッドの頬を軽くつまんだ。

すると、以前よりも触り心地がよくなっています。うんうん、いいことだね。

「姉ちゃん……なんで俺の頬をつまむんだよ……」

ブラッドは、呆《あき》れたような視線を投げかけてくる。

「えへへ、ブラッドにしばらく会えなかったでしょう？　きちんと食事を取っているか、心配だったんですよ」

にっこり笑って答えると、ブラッドは「あ、そうだ」と呟《つぶや》く。

みるみる表情が曇っていくので、私は首を傾《かし》げた。

「うん？　ブラッド、どうしたんですか？」

しばらく逡巡《しゅんじゅん》していたブラッドですが、やがて意を決したように口を開く。

「……実は、姉ちゃんに謝らなきゃいけないことがあるんだ」

「謝らなきゃいけないこと？」

なんだろう……

思い当たる節《ふし》がなくて考え込んでいると、ブラッドが私に頭を下げた。

「姉ちゃん、ごめん！　……前に姉ちゃんからもらった大切なお守りなんだけど……今、俺の手元にないんだ。せっかく、姉ちゃんが俺のために作ってくれたのに……。姉ちゃん、本当にごめん……」

ブラッドはしゅんと肩を落としながら、懸命に謝ってくる。

何かと思えば、そんなことでしたか。

やんちゃな盛りですからね。なくしものをするのは、致《いた》し方《かた》ありません。

それに、こんなに深く謝罪するってことは、大切にしてくれてたってことだよね。

「ブラッド、気にしないでください。なくなる前は、それだけ大切にしてくれてたんでしょう？　それだけで、充分です。うふふ、今度また養護院に来るとき、新しいお守りを用意しますね」

私がそう答えると、ブラッドは一層落ち込んだ様子を見せた。

「……違うんだ。俺……お守りをなくしたんじゃない。……お守りを売ったんだ」

「売った⁉　あのお守りをですか⁉」

想像の斜め上を行くブラッドの言葉に、思わず素《す》っ頓狂《とんきょう》な声を上げてしまった。

ビクリと身体を震わせるブラッドを見て、私はハッとする。

いけない、いけない。こんなに小さな子を怖がらせてどうするの、私。

私は、ブラッドをふわりと抱きしめた。

「ブラッド、怒ってるわけじゃないの。ただ、ちょっとビックリしてしまっただけ。だから安心してね。……それより、どうしてお守りを売るような事態になっちゃったの？」

……というか、あんなお守りを誰が欲しがるというの？

少し身体を離してブラッドを覗《のぞ》き込むと、真剣な眼差《まなざ》しが返ってくる。

「姉ちゃん、アレはただのお守りなんかじゃない！　姉ちゃんが言ってたみたいに、アレは持ってる人を守ってくれる……いや、持ってる人の周囲まで守ってくれる、奇跡のお守りだったんだよ！」

「えっ、奇跡⁉」

壮大なワードが登場したことに、一層驚いてしまう。

私は、どういうことかと続きを促《うなが》した。

「実は……この間、養護院の子が市場で馬車に轢《ひ》かれたんだ」

「えっ⁉」

馬車に轢《ひ》かれた……⁉

それは、とても痛くて苦しかったでしょう。

前世で、私は交通事故により命を落としました。だから、その苦しみは理解できます。

……その子は、無事だったんでしょうか？

この世界は、医療もさほど進んでいません。

大怪我をしたとき、治療師が近くにいなければ、命を落としてしまいます。

「ブラッド、その子は……」

「事故が起きたとき、俺もその場にいたんだけど……すごくひどい有様だった。だから皆で、その子の死を覚悟したんだ。ただ、俺……ここに来てから、その子には結構世話になったんだ。だから、とっさに姉ちゃんからもらったお守りを、その子の手に握らせた。だって、姉ちゃんは言ってただろ？　お守りは悪いことからも身を守ってくれるって。そしたらさ、奇跡が起きたんだ……」

「……何が起きたんですか？」

「すごい大怪我だったのに、身体の傷がみるみる癒《いや》されていったんだ！　姉ちゃんの力が、その子を守ったんだよ!!」

ブラッドは興奮した様子で言い募《つの》る。

う～ん。

確かにいろんな願いを込めてお守りを作ったけど、別に魔力を込めたわけでもないし……

「えっと……ブラッド、非常に申し訳ないのだけれど、それは私のお守りの力じゃないと思います。近くに治療師の方がいて、その方が癒《いや》してくれたんじゃないかな？」

そのほうがしっくりくるよね。

けれど、ブラッドはぶんぶん首を横に振る。

「違う！　あれは姉ちゃんのくれたお守りの力だ！　そもそも、姉ちゃんはすごい力を持っているから聖女様なんだろ!!」

うっ……私が聖女になったのは、力があるからではありません。ただ単に、美と愛と豊穣《ほうじょう》の女神様の血を引いているからなんだけどな。

「えぇっと……そういうわけじゃなくて、いろいろ、大人の事情というものがありまして……」

しどろもどろに答えると、ブラッドはもどかしそうに叫んだ。

「もう、姉ちゃんはなんでそんなに控えめなんだよ！　そういうの、えっと……謙遜《けんそん》って言うんだぞ！　それに、まだ続きがあるんだ！　姉ちゃんのお守りは、養護院の皆を助けてくれたんだ！」

「えっ？」

「……馬車に轢《ひ》かれた子が助かったあと、皆がお守りを見て、騒ぎはじめたんだ。癒《いや》しの姉ちゃんの力に違いない。これは奇跡のお守りだって。そしたら、市場から人が集まってきちゃって……まずいと思って俺達はすぐ帰ったんだけど、次の日から、お守りを売ってほしいって人達が養護院に押しかけてきて――」

……もしかして、養護院の入口に集まっていたのはお守り目当ての人達なんでしょうか。

「姉ちゃんが聖女だってことは誰にも言ってないのに、いつの間にか、お守りは聖女様が願いを込めたものだって噂も広まっちまって――」

……そうだったんですね。

「皆がお守りを譲ってくれって言うんだ。でも、あれは姉ちゃんが俺のために作ってくれた、大切なもんだ。……そうやって渋っていたら、どんどん金が積まれていってさ。そのときに俺、思っちゃったんだ……。この金があれば、皆でたらふくご飯を食べることができるし、今よりもいい服を着れるし、ボロボロの施設だって直すことができるんじゃないかって」

「ブラッド……」

ブラッドの言いたいことは、痛いくらいわかります。

「……ゲオニクス王国にいた頃と比べれば、ここはいいとこだよ。天の国だと思う。でもさ、皆が言うんだ。養護院の食事は質素で美味《おい》しくないし、服もおさがりばかりだし、施設もボロボロだって。……わかってるよ。食べるものがあって、着るものがあって、屋根の下で眠れるだけで幸せだよ。でもさ、もうすぐ冬だろ？　夜は寒くて、皆でくっついて暖《だん》を取るんだ」

その話に、私の胸はきゅっと締めつけられました。

聖域の庇護《ひご》下《か》にあるとはいえ、今の話を聞く限り、予算が足りていないようです。

育ち盛りの子供達がそんな思いをしているなんて……

ブラッドは、小刻みに身体を震わせる。

「だから……だからさ、俺……俺は、金のために、姉ちゃんからもらったお守りを売ったんだ……」

苦しそうに、そう呟《つぶや》いたブラッド。

私は、ブラッドの髪をそっと撫《な》でる。出会った頃はパサパサしていたけれど、今は随分《ずいぶん》、艶《つや》を帯びてきた黒髪。その色を見ていると、とても懐《なつ》かしい気持ちになる。

「いい子、いい子。ブラッドは、とても優しい子ですね」

すると、ブラッドはぶんぶんと首を振る。

「そんなんじゃない！　なんで、なんで姉ちゃんは俺を責めないんだよ！　姉ちゃんの秘密だって守れなかったし、大切なお守りも売っちまったし……最低だ……」

「今のお話のどこに最低なところがありましたか？　ブラッドは、皆のためを思って行動したんでしょう？　とても優しいじゃないですか。それに、秘密を守れなかったわけじゃないでしょう？　たまたま噂に尾ひれがついてしまって、それが事実だったというだけです」

私は、ブラッドの髪をゆっくり撫《な》でる。

まだ八歳なんだから、そこまで自分を追いつめなくていいんだよ。

それに、養護院の内情については私達大人がなんとかしなくちゃいけません。

「ごめんね……ブラッド」

「なんで姉ちゃんが謝るんだよ!?」

「養護院のこと、全然気がつきませんでした。もっと早くに気づいていたら……」

「なっ、そんなことで謝るなよ！　姉ちゃんは全然悪くないんだから!!」

ブラッドは、焦ったように叫ぶ。

「いいえ、ブラッド！　養護院の子供達の成長を見守るのは、大人の仕事。その暮らしに不自由があるなら、改善しなくちゃいけません！」

拳《こぶし》を握りしめて言うと、ブラッドは呆気に取られた表情を浮かべた。

「改善って……どうするつもりだよ、姉ちゃん？」

「せっかくですから、今の状況をとことん利用しましょう！」

「……利用？」

ブラッドは、ますますわからないといった様子で首を傾《かし》げる。

「ブラッドがここまで追いつめられたのは、養護院の予算が足りないからでしょう？　確かに、どんなときでも先立つものがないと、やっていけませんからね。お金は重要です！」

私の言葉に、今まで静かに様子をうかがっていたカロリーナさんと護衛の方達が、ドン引きした表情を浮かべる。

……まぁ、聖女には似つかわしくない言葉でしたね。失礼しました。

私は咳払いをして誤魔化《ごまか》す。

「コホンッ……だからね、お金儲けをしましょう、ブラッド！」

次の瞬間、カロリーナさんが慌てて口を開く。

「せ、聖女リリアナ様！　奇跡を起こす聖なる者がお金儲けをするなど、あってはならないことですわ!!」

私は、すかさずカロリーナさんに言う。

「何か問題でもありますか？　セイルレーン教会だって、魔石《ませき》の販売で利益を得ているではありませんか」

私の言葉に、カロリーナさんはぐっと言葉を詰まらせた。

魔石《ませき》は、どこにでも落ちている封石《ふうせき》に魔力を込めるとできあがります。そして誰でも、その魔石《ませき》に込められた魔力を使うことができるんです。やがて魔力がなくなると、普通の封石《ふうせき》に戻るという仕組み。

聖女になってから知ったんだけど、セイルレーン教会は魔石《ませき》でがっぽり稼いでいるみたい。

そもそも魔石《ませき》は、誰かに譲渡《じょうと》するときでさえ、教会を通さなくちゃいけない。

作った魔石《ませき》を自分で使う分には問題ないけれど、それ以外の場合には教会に奉納する必要があります。そして誰かの魔石《ませき》が欲しいときには、その魔石《ませき》に見合ったお布施《ふせ》を渡して譲ってもらうというわけ。

魔石《ませき》を奉納するといくらかお金をもらえる。ただ、その額はさほど高くない。一方、魔石《ませき》を譲るときに要求するお布施《ふせ》の額は、結構高いんです。つまり、差額でかなり儲けているということ。

……資金が潤沢《じゅんたく》にあるのに、養護院に充分な予算を回さないなんて、信じられません！

とはいえ、私が予算を増やしてほしいと言ったところで、聞き入れられるとは思えない。

ならば、自分達で稼ぐまで！

私が考えを巡らせていると、ブラッドが訝《いぶか》しげに口を開いた。

「なぁ、姉ちゃんは何を売ろうとしているんだ？　もし俺にできることがあれば手伝うけど……俺達は、皆が欲しがるようなものなんて持ってないぞ」

「うふふ、それなら問題ありませんよ、ブラッド。お守りをね、たくさん作って売ろうと思うんです。すでに買いたい人が殺到しているわけですから、きっと売れますよ！」

すると、ブラッドはぱぁっと顔を輝かせた。

「なるほどな！　さすがは姉ちゃん！　確かに、それならたくさん売れるよ!!」

「ブラッドもそう思いますか？　セイルレーン教会は、物販をやっていませんからね。おこがましい気はしますが、聖女印のお守りと銘打《めいう》って売り出しましょう。あ、おみくじを作るのもいいですね」

「……おみくじ？」

「人の吉凶を占う紙です。あとは……聖水とか？」

聖域には、信心深い巡礼者がたくさんやってきます。教会にまつわるものを販売すれば、きっと売れるに違いない。前世でも、神社に行ったら神様にご挨拶《あいさつ》して、お守りを買ったりおみくじを引いたりしたもの。

ブラッドは、感心した様子で言う。

「ふーん、お守り以外にもいろいろあるんだな」

「うふふ、ひとまずお守りの製作は任せてください！」

「ありがとう、姉ちゃん。……でも、そのおみくじとか聖水とかは、どうやって作るんだ？」

「おみくじを作るのは簡単です。吉凶を書いた紙を用意すればいいだけですから。う〜ん。そうなると、問題は聖水ですかね……」

効果があるかはさておき、お守りは時間を見つけて量産しましょう。おみくじも、それらしい事柄を書いた紙をたくさん用意すれば、問題なし。

ですが聖水は……さすがに、そのあたりから汲んだ水を売るわけにもいかないし。明らかにインチキ扱いされるものは避けなくちゃ。

……あ、でも、私が生み出した魔法の水なら大丈夫かも？

加えて、その水に少しでも癒《いや》しの効果があったら完璧だよね。

私は、ふと思いついて地面に目を向ける。

そして足元に落ちていた封石《ふうせき》を拾うと、そこに魔力を込めた。

「どうか、魔石《ませき》ができますように」

小さく詠唱《えいしょう》してしばらくすると、手の中の封石《ふうせき》が紫水晶《アメジスト》色に変わる。

よしよし、ちゃんと魔石《ませき》ができました。

あとは……うん、ものは試しです！　実際にやってみましょう!!

「ブラッド、聖水もどきができるかどうか、試してみようと思います。お手伝いしてくれますか？」

「もちろんだよ、姉ちゃん！　俺は何をすればいいんだ？」

ブラッドは、弾んだ声で答えてる。

「魔法を発動させてほしいんです。癒《いや》しの水が湧き出るところを想像して、詠唱《えいしょう》してください」

「えっ！　そんなの無理だよ、姉ちゃん！　俺は姉ちゃんみたいに魔力も高くないし、使える魔法は限られてる!!」

「無理じゃありません。ブラッド、この魔石《ませき》を使ってみてください」

私は、紫水晶《アメジスト》色の魔石《ませき》をブラッドの手のひらに載せる。

うまく魔法を使えない私だけど、魔力だけは折り紙付きだからね。

もしこの魔石《ませき》を使って聖水が作れるなら、私が傍にいなくても、魔石《ませき》に込められた魔力の分だけ術を発動させられます。

大神殿の扉にはめられた、ご先祖様《アルディーナ》の魔石《ませき》の仕掛けみたいに。

魔石《ませき》には、魔力が尽きないよう、定期的に魔力を込めなくちゃね。

「さぁ、ブラッド。試してみましょう！」

「……姉ちゃんがそこまで言うんだったら、やってみるよ。でも、失敗しても笑うなよ」

ブラッドは魔石《ませき》を握りしめ、真剣な表情を浮かべる。

「頼む！　姉ちゃんの魔石《ませき》よ、力を貸してくれ！　癒《いや》しの力の宿った水よ、永遠に湧き出てこい!!」

力一杯、詠唱《えいしょう》したブラッド。

私は固唾《かたず》を呑んでブラッドの手元を見つめるが、何かが起こる気配はない。

やがてブラッドは、しょんぼり肩を落として呟《つぶや》いた。

「姉ちゃん……ごめん。やっぱり、俺じゃ失敗だ……」

「そんな、ブラッドのせいじゃありません。問題があるとすれば、私の魔石《ませき》が――」

とそのとき、ブラッドが驚いたように叫んだ。

「うわぁーー！　ね、姉ちゃん、なんか水が出てきた!?」

ブラッドが手を開くと、そこからちょろちょろと水が溢《あふ》れ出てくる。

「ブラッド、すごいじゃないですか！　まるでマジックみたいです!!」

「ちょ、姉ちゃん！　マジックってなんだよ!?　こ、これ、どうなってるんだよ!!」

ブラッドは慌てた様子で手をぶんぶんと振る。

すると、地面に紫水晶《アメジスト》色の魔石《ませき》がコロコロと転がり落ちた。それと同時にブラッドの手から水がさらさらこぼれ落ち、今度は魔石《ませき》が落ちた場所から水が湧き出してきた。

「もしかして……魔法が成功したってこと？」

「ね、姉ちゃん、すげえ！　そうだよ！　魔法が成功したんだ!!」

ブラッドは興奮した面持《おもも》ちで、魔石《ませき》から溢《あふ》れ出た水を掬《すく》う。そして、その水を口に含んだ。

「こら、ブラッド！　飲めるかどうか確認する前に、飲んじゃいけません！　今すぐ吐き出してください！　もしかしたら、おかしな成分が含まれているかもしれないんですよ!?」

私は急いでブラッドにそう言うが、時すでに遅し。

ブラッドはゴクリと喉を鳴らし、水を飲み込んだ。

「ぷはぁ。姉ちゃん、大丈夫だよ！　この水、美味《うま》いよ！　俺、怪我も何もしてないから、癒《いや》しの力があるかはわかんねえけど……それを抜きにしても、すげぇ美味《うま》いよ、この水！」

こちらの心配をよそに、ブラッドは満面の笑みで答える。

「……それはよかったです。とはいえ、これからは確認もしないで飲んじゃいけませんよ。こんな調子で拾い食いでもしたら、大変です！」

「……わかったよ、姉ちゃん。……でも、これならきっと売れるんじゃないかな」

ブラッドの嬉しそうな声に、私も頷《うなず》きました。

けれど次の瞬間、背後から鋭い声が上がる。

「聖女リリアナ様、これは魔石《ませき》の譲渡《じょうと》にあたります！　教会を通さずに魔石《ませき》を渡すなんて、許されることではありません!!」

振り返ると、カロリーナさんが眉間に皺《しわ》を寄せている。

「そんな堅苦しいことを言わないでください、カロリーナさん。それに、これは魔石《ませき》の譲渡《じょうと》ではありません。私はブラッドに、魔石《ませき》を貸しただけ……あくまで所有権は私にあります。教会の決まりに、他人の魔石《ませき》を使ってはいけないというものはないでしょう？」

まぁ、見方によっては、譲渡《じょうと》に見えてしまうかもしれませんが……

カロリーナさんは、困惑した表情でこちらを見ている。

「なっ！　か、堅苦しいことなんかじゃありません。……聖女リリアナ様は、なぜ聖女にふさわしくない行動ばかりなさるのですか……。聖女とは、皆のお手本になるような、清らかな存在。そして、奇跡を起こす人。それなのに……リリアナ様は皆の信仰心を利用して、金儲けをなさろうとする。そんな俗物《ぞくぶつ》な聖女など、私は認めたくありません!!」

カロリーナさんの言葉に少しショックを受けました。でも、なんの反論もできません。

だって、私は確かに聖女らしくないもの。

それに、うすうす気づいていたんです。カロリーナさんは私自身でなく、理想の聖女のイメージを私に当てはめているだけなんだろうなって……

私が黙り込んでいると、ブラッドが怒りを滲《にじ》ませた声で叫ぶ。

「なんてことを言うんだ！　姉ちゃんは、俺を救ってくれたんだぞ！　今だって、俺達のことを考えて、いろいろしてくれてるのに、姉ちゃんが聖女じゃないだと⁉　ふざけるな！　何もしようとしない、お前達にそんなこと言われたくない！　姉ちゃんは、聖女だ‼」

今にもカロリーナさんに殴りかかりそうな勢いのブラッド。すると護衛の方々が、ブラッドの小さな身体を羽交《はが》い締《じ》めにして取り押さえた。

「ブラッド、落ち着いてください！　それに、子供相手に拘束するのはやめてください‼」

私の声に反応して、ブラッドは身体から力を抜く。同時に、護衛の方々も拘束を解いてくれた。

「ブラッド、私のために怒ってくれてありがとう。でもね、大丈夫よ」

私はブラッドに微笑《ほほえ》みかけてから、カロリーナさんに視線を移す。

「カロリーナさん……いくら綺麗事ばかり言っても、この子達のお腹は膨《ふく》れないのです。……セイルレーン教会から支給される資金は、限られています。ならば、自分達でなんとかするしかないでしょう？　……私の生まれ育った国でも、身寄りのない子供達が暮らす養育院は、たくさんの問題を抱えていました。資金が足りず、充分な食料もない。教育も行き届かず、職に就《つ》くことができない。聖域の養護院も、同じ問題を抱えているのではありませんか？」

私の言葉に、ブラッドは驚いた表情を浮かべる。そしてカロリーナさんや護衛の方々は、気まずそうに眉をひそめた。

「商売をすれば資金は貯まりますし、子供達がひもじい思いをしないですみます。年長の子供達に商売をさせてもいいでしょう。やがて彼らが成人したとき、それが仕事に繋《つな》がるかもしれません。……カロリーナさんの言う通り、商売をはじめようとする聖女なんていないでしょう。でも私は、一人でも多くの人が幸せになるのなら、綺麗な道じゃなく、泥にまみれた道を進んだっていいと思うんです」

「綺麗な道じゃなく、泥にまみれた道……」

カロリーナさんがぽつりと呟《つぶや》く。

私は、彼女に向かって深く頷《うなず》いてみせた。

「大事な人達の幸せを願うとき、必ずしも綺麗な道を歩めるとは限りません。けれどその先に皆の幸せがあるのなら、私は迷わずそこを進みたいと思います」

「……リリアナ様は……真《まこと》の聖女様であられるのですね」

どこか遠くを見つめ、心ここにあらずと言った様子で呟《つぶや》くカロリーナさん。

……ちょっと格好つけすぎちゃったかな。

今さら恥ずかしくなって俯《うつむ》くと、ブラッドが胸を張って言った。

「ようやく姉ちゃんのすごさがわかったか。遅えよ。姉ちゃんは、生まれながらの聖女なんだよ！そうじゃなきゃ、こんなこと、できるわけがないんだ!!」

そしてブラッドは、こんこんと湧き出る水を両手で掬《すく》い、高らかに叫ぶ。

「これは聖女リリアナの奇跡！　聖女リリアナの泉だ!!」

「ちょっと、ブラッド!?　それ、やめてください!!」

聖女リリアナの泉ってなんですか！

確かに付加価値は必要だから、聖女印の聖水として売り出したほうがいいでしょう。

でも、名前まで入れるのは恥ずかしすぎます！

慌ててブラッドに詰め寄ると、幼い少年は目を潤《うる》ませて私を見上げた。

「……なんでだよ？　俺の言ってること、間違ってる？」

珍しく、悲しそうに小首を傾《かし》げるブラッド。

うっ……可愛い……。

こ、これはかつて私が使っていた必殺技の上目遣い!?

今は可愛い双子の弟妹《ていまい》達にその専売特許を譲りましたが……。

ブラッド、一体どこでその技を身につけたんですか!?

……結局、私はブラッドの愛らしい仕草に打ち勝つことができなかったのでした。

◇
◆
◇

私は、精霊の姫巫女。

聖域の皆が私をそう呼び、私の本当の名を知る人はほんのわずか。

精霊の姫巫女としての務めは身体に染みついていて、まったく苦にはならない。

むしろ単調な毎日が、ただ繰り返されている。

人々を幸せにするため、精霊に力を借り続ける日々。

けれど、いくら他人を幸せにしたところで、私自身の幸せは果てしなく遠い。

私の願いは、ただ一つ。……愛する精霊王様に、名前を呼んでほしい。

言葉にすると簡単なことなのに、現実はなんて残酷なのか。

私は、どうすればこの悲しい運命から抜け出すことができるの？

……かつて一度だけ、その運命を変える機会があった。けれど……

私は、その記憶を振り払うように、強く頭を振った。

『ダメ……。過ぎ去りし時に縋《すが》っては……。振り返っても、時間は戻らないのだから……』

私は、そう自分に言い聞かせる。

すると、風の精霊が私を慰《なぐさ》めるようにそよ風を起こし、美しい一輪の花を私の髪に挿《さ》していった。

それにつられて、土の精霊や水の精霊、火の精霊達が姿を現し、それぞれ花を挿《さ》していく。

『ありがとう。可愛い私の子達』

お礼を言えば、皆、嬉しそうに飛び跳ねて踊り出す。

(我らが女王様、お元気になったみたいでよかったです)

(うん、女王様が笑えば、あたし達も嬉しい！)

(おいら、もっと花を持ってくるよ！)

可愛らしい精霊達の姿が微笑《ほほえ》ましく、私はニッコリと笑みを浮かべる。

『ねぇ……お願いがあるのだけれど、いいかしら？』

私の言葉に、女王様の言葉に、精霊達は身を乗り出してくる。

(もちろん、女王様のご用命とあれば、なんでも！)

(うん！　なんだって聞いちゃう!!)

(おいらだって！　精霊にできないことなんて、何もないんだ!!)

『そう……ならば、あの人に伝えてほしいの。もう少し……もう少しだけ、待っていてほしい。必ず……必ず会いに行きます、と……』

(女王様……)

皆が悲しそうに眉を下げる。

優しい子達。皆、私と精霊王様の事情を知っているものね。

……そのとき、扉がトントンと叩かれた。その音に反応して、精霊達は部屋からサッと立ち去ってしまう。

『どなたでしょうか？』

扉に向かって尋ねると、穏やかな声が返ってくる。

『エミリアです。姫巫女様、少々お時間をいただいてもよろしいでしょうか？』

『どうぞ』

扉を開けると、エミリアが恭《うやうや》しく頭を下げた。

『……そのような態度はおやめなさい。言葉遣いもね。誰がどこで聞いているか、わからないのですから』

エミリアは眉根を下げ、気まずそうに俯《うつむ》く。

その姿は、ここに来たばかりの頃のエミリアを彷彿《ほうふつ》とさせた。

『かしこま……いえ、わかりました、姫巫女』

『それで、エミリア教皇様、突然どうなさったのですか？　私の部屋を訪ねてくるなんて珍しい』

私の問いかけに、エミリアは困った様子で話しはじめる。

『実は聖女リリアナの件で相談があるのです』

『聖女リリアナの件……ですか……』

私の脳裏に、はじめて彼女と会ったときの姿が浮かぶ。

天井から差し込む光の中、緊張した面持《おもも》ちで佇《たたず》んでいたあの子《リリアナ》。

……私は、ようやく出会えたことへの嬉しさを感じた。同時に、仄暗《ほのぐら》い感情も抱いたのだけれど。

エミリアは深く息を吐き出し、話を続ける。

『彼《か》のリリアナ嬢を聖女にした理由、背景……それらすべてを知る者は、私と姫巫女、そしてあの方だけ。リリアナ嬢には、ただの名ばかり聖女として、何もせず過ごしてもらう。それこそ、すべての平穏へと繋《つな》がるのです。なのに……』

エミリアはそこで一度言葉を切り、表情を曇らせる。

私は、眉を寄せて尋ねた。

『どうしたのですか？　……もしや、聖女リリアナが何かしでかしたのですか？』

『……ええ。養護院で、さまざまな品を売りはじめました。持ち主を病《やまい》や事故から守り、幸せに導《みちび》くという、お守り。運命の吉凶を占うという、おみくじ。さらには、聖女リリアナが奇跡を願って湧いて出たという水を聖水として売っています。……加えて、いずれも効能があるのだとか。おかげで養護院には多くの人が押し寄せ、皆が聖女リリアナの偉功を褒《ほ》めたたえているそうです』

エミリアの言葉に、私は頭を抱えた。

……これでは、あの子を聖域にまで連れ出した意味がない。

この世界では、国ごとに命の数が決められている。けれどあの子は、シェルフィールド王国で医術を発展させたりおかしな知恵を広めたりして人々の寿命を延ばし、世界の均衡《きんこう》を崩そうとしている。その影響力は他国にまで及びそうな勢いだ。だからこそ、あれほど急《せ》かして聖域に連れ出したというのに。

『くっ……お兄様は、一体何をなさっているのかしら……』

思わずそう呟《つぶや》いてしまった。

『それが……どうやら、あの方が気づかれたときには、すでに手遅れだったようで——そもそものはじまりは、ゲオニクス王国で少年を保護したことだったそうです。そしてその少年にお守りを渡した——まさかそれらの行動がこたびの件に繋《つな》がるとは思えなかったと聞きました。結果、運命の歯車は回ってしまった……』

『……運命の歯車が回った!?　それは、もしや……』

『はい……。そのせいで再び太陽と月の君の矢が人間界に放たれたそうです……』

エミリアは、苦しそうに言葉を絞り出す。

太陽と月の君の矢は、エミリアが幼い頃に経験した出来事に深く関係がある。それは彼女の心にいまだ暗い影を作り、その身を焼くほどの痛みを生み出している。

震える声で、エミリアは言葉を続ける。

『これでは、すべての計画が無に帰《き》してしまいます……。それに、危惧《きぐ》すべきことは他にも……予言の姫であるプリシラが、この世の終わりが近いと予言しました』

その瞬間、私の頭は真っ白になる。

『そんなこと、絶対に許せない……。私はリリアナのために、あの方に逢える唯一の機会を逃したのですよ……』

唇をぎゅっと噛みしめれば、エミリアがハッとした顔をする。

『アルディ――』

『その名で呼ぶのは、おやめなさい!!』

私は、本名を呼ぼうとしたエミリアを怒鳴りつける。

……すべての計画が無に帰《き》すなんて……。そんなこと、あってはならない。

私が、なんのために多大なる犠牲を払ってきたと思っているの?

胸の中に暗い感情が渦巻《うずま》き、黒く塗《ぬ》りつぶされていく。

……そうだわ。それなら……あの子《リリアナ》からすべてを返してもらえばいいんだわ。

それ以外に、道はない。

やがて私の心は、深い闇の色に染まりきったのだった。

◇◆◇

セイルレーン教会の総本山――聖域には、不思議な養護院がある。

孤児達の集まるその養護院は、数々の奇跡を起こしたことで知られる、聖女リリアナの祝福を受けた。

孤児達の貧しい暮らしぶりを嘆《なげ》き、その子達の幸せと将来を願った聖女リリアナ。彼女は養護院を祝福し、癒《いや》しの力が宿る『聖女リリアナの泉』を生み出した。

『聖女リリアナの泉』の効能は素晴らしく、どんな病《やまい》に倒れた者も、この水を飲めばたちどころに快復。人々は『聖女リリアナの泉』の水を聖水と呼び、求めるようになった。

聖女リリアナは、他にもさまざまな品を養護院に授けた。

持ち主を幸せに導《みちび》くというお守りや、吉凶を占うおみくじ。

それらは、聖遺物――神々の落とし物と並び称されるほどの品だった。

養護院は潤《うるお》い、子供達の瞳にも希望が再び宿る。また、聖女リリアナの教えを受けた子供達は、決して驕《おご》ることがなかった。

聖女リリアナは、ただ授けるのではなく、子供達に自身の未来を考えさせた。そしてともに喜び、悲しみ、苦しんだ。

聖女らしからぬ行為ではあるが、それこそ、今なお聖女リリアナが多くの人々を惹《ひ》きつける魅力の一つなのだろう。

第三章　伝説の聖女

「……また養護院に行かれるのですか？」

「はい。お守りが全然足りないみたいなので、追加で作ったものを渡したいんです。それから皆にクッキーを食べてもらおうと思って」

今朝、大神殿の厨房《ちゅうぼう》をお借りしてクッキーを作らせてもらいました。

皆、喜んでくれるかな？

「さようですか……。近頃、寒くなってきましたし、暖かい服を用意いたしましょう」

カロリーナさんは、そう言って部屋を出ていく。

きっと、彼女は私が養護院へ行くことをあまりよく思っていないのでしょう。それでも、必ず私に付き合ってくれる。

あと、前みたいに理想の聖女像を私に重ねなくなったみたい。

私自身を見てくれてるんだな、とわかるので、嬉しいです。

やがてカロリーナさんは、暖かそうな外出着を手に戻ってきて、私に着せてくれる。

「うふふ、あったかいですね。……ありがとうございます」

二人で部屋を出ると、前方からある人物が歩いてくるのが見えた。私達は、邪魔にならないよう道の端に寄る。

その人は、私達の前に来ると、そこでピタリと足を止めた。

『……教皇様、お久しぶりでございます』

頭を深く下げて挨拶《あいさつ》すると、エミリア教皇様が少し強張《こわば》った声で言った。

『久しぶりですね、聖女リリアナ……。頭を上げなさい。その格好、これからどこかに向かうのですか？』

教皇様は私の外出着を見て、眉根を寄せている。

『養護院へ行くところです。子供達に、クッキーを渡したいと思いまして……』

『そう……。あなたの養護院での活動については、私も聞き及んでいます。……誰かを助けたいと願うあなたの心は、あの方譲りかしら。……けれど、自分の犯した罪の重さをいずれ知ることになるでしょう』

『えっ？』

あの方譲り？　誰のことだろう？

それに、私が犯した罪って、なんのこと？

言葉の意味を理解できず尋ねようとしたのだけれど、教皇様はそれよりも早く歩き出してしまう。

そういえば、聖域にやってきた日、姫巫女様にも不思議なことを言われました。

『久しぶりね……もう一人の私……』

あれは、どういう意味だったんだろう？

「……教皇様といい、精霊の姫巫女様といい……神様の道を極めた方々の考えることって、よくわかりませんね」

私は教皇様の背中を見送りつつ、ポツリと呟《つぶや》いた。

「今日は追加のお守りと一緒に、クッキーを持ってきました！　ぜひ、食べてちょうだいね!!」

養護院の広間で皆に声をかけると、あちこちから嬉しそうな声が上がる。

「わーい！」

「やった〜〜!!」

うふふ、皆可愛いですね。

「いつも、ありがとうございます」

そう言って頭を下げるのは、養護院の院長先生。

お守りやおみくじを売るとなったとき、院長先生とはじめてお会いしました。

養護院の予算が足りず、ずっと困っていたみたい。

こっちが恐縮するほど、お礼を言われてしまいました。

「その後、売れ行きは順調ですか？」

「ええ。おかげで、子供達の暮らしも随分《ずいぶん》変わりました」

よかった！

クッキーに集まってきた子供達に目を向けると……うんうん、皆、肌の艶《つや》もいいし元気いっぱいだね。

とはいえ、彼らは決して贅沢《ぜいたく》な暮らしをしているわけじゃない。服だって全員に新品が行きわたっているわけじゃないし、嗜好品《しこうひん》である甘味もあまり食べられない。

「たくさん作ってきたから、たっぷり食べてね」

嬉しそうにクッキーを口に運ぶ子供達。

とそのとき、ブラッドが広間にやってきた。

「あ、ブラッド！　元気にしていましたか？　今日はクッキーを持ってきたんですよ。ブラッドもたくさん食べて、もっとふっくらさんになってくださいね。はい、あーん」

クッキーを手に取り、ブラッドの口元に持っていく。

「なっ……」

ブラッドは頬を赤くして、目を泳がせた。

「どうしたんですか？　ほら、口を開けてください」

にっこり笑って促《うなが》すと、ブラッドはしぶしぶ口を開けた。そして――

「聖女様！　私のブラッドに近寄らないで!!」

クッキーをブラッドの口に入れる直前、大きな声が響いた。

「えっと……私のブラッド？」

私はクッキーを手にしたまま、声のしたほうに目を向ける。

そこには、仁王《におうだ》立ちする女の子の姿が……

ブラッドと同じくらいの年かな？

少女は、私をキッと睨《にら》みつけている。

突然の出来事に目をぱちぱち瞬《またた》かせると、ブラッドが呆《あき》れたようなため息を漏《も》らした。

「おい、私のブラッドってなんだよ。俺は、俺のもんだよ。……いや、あえて俺以外の人物の名前をあげるとすれば……姉ちゃんくらいだな」

ブラッドは、私のほうを見ながら何度も頷《うなず》く。

「なっ、何よ、そんな……えっと、年増《としま》な聖女より、私のほうがピチピチで若いんだから！　ブラッド、いいから大人しく私のものになって!!」

少女は真っ赤になって、頬を膨《ふく》らませる。

年増《としま》な聖女……

確かにこの少女より年上だけど、私は成人したばかり。

まだまだ若いつもりでいたんだけどな……

戸惑いつつ少しショックを受けていると、傍に控えていたカロリーナさんがサッと私の前に立った。

「そこの子供！　聖女リリアナ様に向かってなんという口の利き方をするのですか。謝罪なさい！」

けれど、女の子はどこ吹く風でそっぽを向く。

「フンッ」

「こら、そこのおっかねえ姉ちゃんの言う通りだぞ！　聖女の姉ちゃんになんてこと言うんだよ!!」

ブラッドがそう言った瞬間、女の子の顔がくしゃりと歪《ゆが》んだ。

「……まぁまぁ、カロリーナさんにブラッド、落ち着いてください。相手はまだ小さな女の子ですし――」

私が二人を宥《なだ》めようとすると、女の子が鋭い声を上げる。

「わ、私は小さな女の子なんかじゃないわ！　立派な大人の女性よ！　そして、ピチピチなの！　年寄りとは違うのよ、フンッ!!」

……また年寄りと言われてしまいました。

でも、カロリーナさんとブラッドには私の言いたいことが伝わったみたい。

二人とも、何か言いたそうな様子ではありますが、私に対応を任せてくれています。

私は、女の子に向き直って尋ねてみた。

「……ごめんね、あなたは立派な大人の女性だよね。えっと……それでね、私の、ブラッドっていうのは、どういう意味？　どうしてブラッドを自分のものにしたいの？」

するとと、女の子は胸を張って答える。

「決まっているわ！　私がブラッドのことを大好きで、将来は結婚するからよ!!」

「えぇーー！　結婚!?」

ブラッドに結婚を約束した相手がいたなんて――驚きです。

そっか、養護院に来てから、小さな恋を育《はぐく》んでいたんだね。

私はブラッドに視線を合わせて屈《かが》み込み、手を合わせてお願いする。

「ブラッド、結婚式には私も呼んでくださいね！　厚かましいかもしれませんが、姉としてぜひ出席したいです！」

「な、何言ってんだよ、姉ちゃん！　そいつが勝手に意味わかんねぇこと言ってるだけだから、本気にすんなよな!!」

ブラッドは、必死の形相で反論の声を上げる。

あれ？　そうなの？

ちょっとがっかりした私は、しゅんと肩を落とす。

……でも、そっか。この女の子は、ブラッドに片思いしていたんだね。

だから、私がクッキーを食べさせようとしたときに怒ったのか。

私が納得していると、ブラッドは呆《あき》れた表情で言葉を続ける。

「……姉ちゃん、覚えているだろう？　前、馬車に轢《ひ》かれて死にかけた奴がいたって話」

もちろん覚えています。

ブラッドがお守りを握らせて、その子の命が助かったんだよね。

「そいつが、そこにいるケイティだ」

そうだったんですね！

私は、改めてその女の子……ケイティをじっと見つめる。

馬車に轢《ひ》かれて死にかけたと聞きましたが、今の彼女はとても元気そう。

「よく……よく元気になりましたね。本当によかった……」

私はケイティに近寄り、ふわりと抱きしめる。すると、ビクリと身体を震わせつつも私を受け入れてくれる。

やがてケイティは、ぽつりぽつりと話しはじめた。

「……あのね。私が助かったのは、聖女様の……お守りのおかげだってわかっているの。でもね、あの……死にそうになったとき、ブラッドが死ぬなって、ずっと応援してくれたの。……それから、ブラッドのことが大好きで気になって……近くに女の子がいると、すごく苛々《いらいら》しちゃって……命の恩人の聖女様に、ひどいことを言っちゃった……。ごめんなさい……」

ケイティは、私の服をぎゅっと掴んで謝ってくれる。

……こんなに小さくても、やっぱり女の子ですね。恋する女の子は、とても可愛いです。

私はケイティから身体を離し、頭をそっと撫《な》でて言う。

「いいのよ、ケイティ。恋をすると、皆不安になるもの」

「聖女様も？　好きな人のことを考えると、嬉しくなったり苦しくなったりする？」

その問いかけに、私はちょっと慌ててしまう。

え～っと……そんなこと、あったかな？

思わず考え込んでいたとき、ふとある人の顔が頭に浮かぶ。

日本人によく似た容姿で、一緒にいるとどこか懐《なつ》かしく、穏やかな気分になれる。

私や家族が困っていると、優しく手を差し伸べてくれて、助けてくれて……

けれど、もうずっとお会いしていない。シェルフィールド王国を出るときにだって、挨拶《あいさつ》すらできなかった。

そうです……もしかすると、もう二度と彼に会うことができないのかもしれません。

「……あります。嬉しくなったり、苦しくなったり……寂《さび》しくなったり」

思わずそう呟《つぶや》くと、ケイティがすかさず尋ねてくる。

「もしかして、ブラッド？」

「ううん、違います」

「じゃあ、それは誰？」

ケイティの問いかけに、私は無意識に答えていました。

「それは……ランスロット様です」

「へぇ、聖女様の好きな人は、ランスロット様と言うのね！」

そのとき、私はハッと我に返った。

私は……ランスロット様のことが……好き？

今まで、意識したことなんてありませんでした。

でも、何かあるときに浮かぶのはランスロット様の顔。

……そっか。私……ランスロット様のことが好きだったんだ。

ミーナちゃんによく鈍《にぶ》いと言われていたけれど、本当に鈍《にぶ》すぎるよ。

だって、恋心を自覚した途端に、失恋しちゃうなんて――

もう二度と会えないランスロット様。

……あぁ、せめてもう一度だけでも会えたら……。思いを伝えられたらよかったのに……

「せ、聖女様!?」

ケイティの焦ったような声が聞こえて、私は首を傾《かし》げる。

するとケイティは、小さな手を伸ばして、私の頬に触れた。

「聖女様、どうしたの？　どうして泣いているの？」

……自分でも気がつかないうちに、涙が流れていたみたい。

涙は次から次へと溢《あふ》れて、まったく止まらない。

「ごめんね……もう少し……もう少ししたら、止まるから」

——結局、私はそのあともしばらく泣き続けたのでした。

「……うん、ようやく腫《は》れが引いたみたい」

私は鏡に映った自分の顔を見て、ホッと息を吐く。昨日は、泣きすぎて目が真っ赤に腫《は》れていましたからね……。

一昨日《おととい》、養護院で恋心を自覚した私は、失恋のショックで大泣きしてしまった。

うぅ……恥ずかしすぎる。

院長先生や子供達に、心配かけちゃったな。それに、カロリーナさんにも迷惑をかけちゃったし……。

大神殿の部屋に戻ったあと、カロリーナさんは何か言いたそうにしていましたが、私を一人にしてくれました。きっと、気遣ってくれたんでしょう。昨日も、珍しく部屋を訪れませんでしたし。

一人になってからも、やっぱり涙は止まらなかった。

でも、昨日はようやく涙も涸《か》れて、一人で考える時間も持てました。

……泣いたって、仕方ないもの。

聖女としてこの地に来る前に、誰かのことを好きになれてよかったと思うことにしましょう。たくさん涙を流したことで、大分すっきりしたしね！

鏡に向かって頷《うなず》いていると、可愛らしい声が響いた。

（リリアナ！　今日のお届け物ですーー!!）

両手いっぱいに花を抱えたルーチェ。

……昨日も、こんな感じでやってきて、私の頭にたくさん花を挿《さ》していったんだよね。

でも、賑《にぎ》やかなルーチェが傍にいてくれると、元気が出てきます。

（ありがとう、ルーチェ）

（えへへ～）

ルーチェは、私の髪に花をどんどん挿《さ》していく。

（そんなに挿《さ》したら、頭が重いよ）

（え～。大丈夫だよ。……あっ、そういえばね。ここに来る途中、なんだっけ……えっと巫女って言うんだっけ？　若そうな女の人達がね、花束が浮いてるって驚いてたよ。精霊の守護を受けてないから、ルーチェの姿が視《み》えなかったんだね!!）

（なっ！　ル、ルーチェ……今、なんと？）

私は、ドヤ顔のルーチェに詰め寄る。

ちょっと待ってください！　とてつもなくまずいじゃないですか!!

けれどルーチェは私の気も知らず、不思議そうに首を傾《かし》げる。

（どうしてそんなに変な顔をしてるの、リリアナ？　問題ないでしょ？）

（あ、ありますよ！）

（だって、精霊の姿が視《み》える人に、ルーチェの姿を視《み》られちゃまずいんでしょ？　でも巫女達はルーチェの姿が視《み》えなかったんだから、なんの問題もないよ？）

心底不思議そうなルーチェに、私は脱力しながら答える。

（問題大アリですよ……確かにルーチェは姿を視《み》られていませんが、かわりに宙に浮いたお花を見られたんでしょう？　事情を知らない人はびっくりするし、察しのいい人なら精霊の仕業《しわざ》だと気づくかもしれません。だって、花を贈るのは精霊の愛の証《あかし》なんでしょう？）

（そっか！　リリアナ、頭いいねぇーー！　って……ハッ!?　ということは、気づかれちゃいけなかったのに、気づかれちゃったってこと!?）

ルーチェは、手にしていた花をバラバラ落として慌てはじめる。

……まぁ、見られてしまったものは仕方ありません。

あとは、この部屋に入るところまで見られていないことを祈るばかり。私が精霊に祝福されていることさえバレなければ、まずいことにはならないからね。

（ねぇ、ルーチェ。私の部屋に入ってくるとき、姿を視《み》られたかどうかはわかる？）

（うーん……わかんない……。驚いてるって思って笑ったあと、特に気にしなかったから……。あ、でもついさっきのことだから、ルーチェ、言いふらさないようにお願いしてくるよ!!）

パッと身を翻《ひるがえ》して、部屋から出ていこうとするルーチェ。

（ちょ、ちょっと待ってください、ルーチェ！　ルーチェが行っても、姿は視《み》えないでしょ？　お話もできないし……そもそも、別の誰かに気づかれたら大変です！　私が行きますから、落ち着いてください!!）

（あ、そっか！　うぅ……ごめんね、リリアナ）

ルーチェは空中でよろよろとよろめき、しゅんとしながら項垂《うなだ》れる。

（……ううん。私のほうこそ、いっぱい我慢をお願いしちゃってごめんね。ルーチェは気にしなくていいんだよ。ただ、これからはもうちょっと気をつけようね）

私がそう言うと、ルーチェは顔を上げてぱあっと明るい表情を浮かべる。

……とにかく、どこまで巫女様達に見られたかを確認しなくちゃ。

もしすべてを見られていた場合には、噂になる前に口止めする必要があります。

私は部屋の扉を開けて、廊下をキョロキョロ見回す。

うん、人の気配はなさそうですね……

（ルーチェ、どのあたりで巫女様達と遭遇《そうぐう》したんですか？）

ルーチェは扉から顔を出して、廊下を指差す。

（あっちのほう。……一緒にお外に出たらリリアナをまた困らせちゃうから……ルーチェはもう行くね）

そう言い残して、ルーチェはふわりと消える。

……本当に、我慢ばかりさせてしまってごめんね、ルーチェ。

今度、いっぱい遊びましょうね。

私は部屋を出て、ルーチェの示したほうに向かって歩きはじめる。

しばらく進んでいくと曲がり角があり、そっと先を見てみると——

二人の巫女様の姿がありました。彼女達はこちらに背を向けていて、私には気づいていないみたい。

私は気づかれないよう静かに曲がり角を進み、柱の陰に身を潜《ひそ》めた。すると、巫女様達の話し声が聞こえてくる。

『さっきの花は、精霊様に違いないわよ！』

その言葉に、私の心臓がどくんと跳ねる。

あぁ、ルーチェ。巫女様達にバレバレですよ……

『やっぱり、そうよね。さっきのお花が進んでいった方向には、聖女リリアナ様のお部屋しかないわ。……つまり、精霊様は聖女リリアナ様にお花を届けに行ったのよ！　だとしたら、あの噂も本当かもしれないわね』

あの噂？　もしかして、私が精霊に守護されていると、すでにバレていたんでしょうか？

ドキドキしながら聞き耳を立てていると、予想外の言葉が聞こえてくる。

『聖女リリアナ様こそが、精霊の姫巫女様だという噂ね!!』

ええーー！　なんですか、その話⁉

私は柱の陰で唖然としてしまう。

『やっぱり、あなたも聞いたことがあるのね』

『ええ。そもそも、当代の姫巫女様が誕生されたときから、姫巫女様は偽者なんじゃないかって言われていたでしょう？』

『今の姫巫女様は、先代の姫巫女様がお亡くなりになられてから、二年近くもあとに生まれたものね。これまでは、先代が亡くなられたあと、一年以内に新しい姫巫女様が誕生されていたのに』

……そういえば、そんな話を聞いたことがあります。

これまで千年近くもの間、そうやって姫巫女様が誕生してきたんだとか。でも、当代の姫巫女様だけは違うみたい。いわくつきだと、噂になっていました。

『その点、聖女リリアナ様は、先代が亡くなられてからちょうど一年以内に生を受けていらっしゃるわ。それにね、お世話係のカロリーナ様に聞いたんだけど……聖女リリアナ様は、お部屋で髪にたくさんの花を付けていらっしゃるそうよ。当代の姫巫女様と同じように。そのお花って、精霊の愛の証《あかし》よね』

『じゃあ、さっき見た宙に浮く花は、やっぱり精霊様から聖女リリアナ様への贈り物だったのね‼』

『そうに違いないわ！』

なっ、なんですと⁉

確かに、花は精霊の愛の証《あかし》だとルーチェが言っていました。だけど、私は姫巫女なんかじゃありません！

あ！　そういえば今の私、髪に花がたくさん付いていたんだった！

こんな姿を見られたら、ますます誤解されちゃう。

私は慌てて、髪から花を抜き取っていく。

ルーチェ、ごめんね。でも許して！

そんな中、巫女様達はさらにキャッキャッと盛り上がる。

『あ、でも聖女リリアナ様が本当の姫巫女様なら、当代の姫巫女様が髪に付けているお花はなんなのかしら？』

『もしかして、ご自身が用意して挿《さ》しているんじゃない？　そうだとしたら、涙ぐましい努力ね‼』

……いつ誰に聞かれるかもわからないのに、そんなに大胆な発言をして大丈夫でしょうか？

現に、私に盗み聞きされているわけですし……

私がハラハラしていると、凛《りん》と透《す》き通る声が響いた。

『随分《ずいぶん》と面白い話をしているのですね』

その瞬間、私はびくりと身体を震わせる。そして柱の陰からおそるおそる前方を見ると……

そこには、色とりどりの花を髪に挿《さ》した、当代の姫巫女様の姿があった。

驚いたのは、私だけじゃなかったみたい。

噂話をしていた二人の巫女様は、真っ青な顔で口をパクパクさせている。

『ねぇ、私の話をしていたのでしょう？　私のことも仲間に入れてくださいな』

姫巫女様は、巫女様達に近づいていく。

『もっ、申し訳ありません！　何卒、何卒、お許しくださいませ!!』

『無礼なことを申しました！　どうか、どうか……!!』

頭を深く下げて謝罪する二人に、姫巫女様は美しい笑みを向けた。

『ねぇ。あなた達は、この精霊の愛の証《あかし》を疑うの？』

そう言って、綺麗な亜麻色《あまいろ》の髪を軽く持ち上げた姫巫女様。

ルーチェから精霊の祝福を受けている私には、はっきりと視《み》えます。姫巫女様のすぐ傍で、怒りの表情を浮かべる精霊達の姿が……

そして次の瞬間、突風が吹いてきて、空気がびりりと震えた。さらに、放電したときのような、ばりばりという音まで響く。

二人の巫女様も、精霊達の姿は視《み》えずとも、怒りの気配を感じていることでしょう。

『ひ、姫巫女様！　本当に申し訳ございません！　どうか、どうかお許しください!!』

『お願いでございます！　お見逃しください!!』

涙を流しはじめた巫女様達を見て、姫巫女様は口を開いた。

『……精霊達よ、おやめなさい。この二人は、私とあなた達の愛の深さを、よくわかってくれたみたい』

すると精霊達はたちまち怒りをおさめ、姫巫女様の言葉に従う。

『私はあなた達を許しましょう。……けれど、精霊達が本当に許したかどうかはわからないわ。何かされないうちに、さっさとここを立ち去りなさい』

私は、詰めていた息を静かに吐き出した。

……きっと、あのお二人は姫巫女様の力を間近でご覧になったことがないのでしょう。

私は礼拝の間で、姫巫女様が力を使われるところを何度か見ました。それは間違いなく、精霊に愛されているからこそ使える力。

それにしても……今の精霊達の怒りはすさまじいものでした。

あの二人の巫女様も、相当怖がっていたよね。……その恐怖が、宙に浮かぶ花の記憶を吹き飛ばしてくれていたらいいんだけど。

おかしな噂が広まらないことを祈りつつ、そろそろ部屋に戻ろうと考えていたとき……

『大人げない姿を見られてしまいましたね。……聖女リリアナ様、そこにいることはわかっています。出てきてください』

えっ！

もしかしなくとも今、姫巫女様に話しかけられちゃいました？

しかも、ここに隠れていたことがバレてる⁉

『聖女リリアナ様がそこにいると、精霊達が教えてくれました』

うぅ、なるほど。そういうことでしたか……

私は観念して、柱の陰から前に出る。

『……お久しぶりでございます、精霊の姫巫女様。先ほどは、若き巫女様達を窘《たしな》められず、申し訳ありませんでした。耳をそばだてていた私も、彼女達と同罪です』

頭を下げて謝罪すると、姫巫女様は首を横に振る。

『気になさらないで、聖女リリアナ様。今の噂……巫女達の言っていた話は、あながち間違いではありませんし』

『えっ⁉』

予想外の言葉に、私は素《す》っ頓狂《とんきょう》な声を上げてしまう。

けれど姫巫女様の表情はいたって真剣で、冗談を言っている様子はなさそうです。

『ど、どうして、そのようなことをおっしゃるのですか⁉　姫巫女様はそのお立場にふさわしく、精霊達の力を借りて……多くの国と民を救ってきたではありませんか。その姿を知っている私は、精霊達の愛を疑ったりはしません！』

私は不思議な気分になりながら姫巫女様に言い募《つの》る。

『うふふ、違うの。私が言っているのは、そういう意味ではないわ』

『では……どのような意味なのでしょうか？』

『今はまだ秘密。いいえ、できれば、永遠の秘密にしておきたいわね』

姫巫女様は意味深に呟《つぶや》き、悲しげに目を伏せる。

……どうしよう。どういう意味なのかさっぱりわかりません。

ただ、そういえば、はじめてお会いしたときにも、姫巫女様は不思議なことをおっしゃっていました。

『久しぶりね……もう一人の私……』

あのとき、私達は初対面だったはず。それなのに、どうしてあんなことをおっしゃったんだろう？

……う～ん。これ以上考えても、多分わからないよね。

だったら、直接聞いてみるのみ！

『あの、姫巫女様。なぜ、永遠の秘密にされたいのですか？　それに、はじめてお会いしたとき、私に向かって「久しぶり」とおっしゃいました。「もう一人の私」とも……あれは、どういう意味なのでしょうか？』

するとと姫巫女様は深いため息をついた。

『あなたは本当に、何も知らないのね……。知らないことはとても幸せなことよ。そして、罪深くもある』

そう言って、険しい表情を浮かべる姫巫女様。

けれど、それは一瞬のことだった。私がびくりと震えると、またすぐに穏やかな笑みを浮かべる。

『クスクス……どうしたのかしら？　怯《おび》えた顔をしているわ。……今日話したことは、忘れてちょうだい。つい口にしてしまったことで、他意《たい》はないの。どうか気にしないで』

姫巫女様は、くるりと身を翻《ひるがえ》す。

……そんなことを言われても、忘れるなんて無理です。

私は、この場を去ろうとする姫巫女様に声をかけた。

『待ってください、姫巫女様。……私は知らなくて、姫巫女様が知っていることとは、なんなのですか？　お願いです、教えてください!!』

けれど、姫巫女様は振り返ることなく行ってしまった。

……確かに、これまでも自分に関わることで、知らないことはたくさんありました。だけどそれは、私を守るため、あえてお父様やお母様が隠してきたことでした。

今回は……どうなのかな？

まだわからないけれど、なぜかとても嫌な予感がする。

私は、姫巫女様がいなくなったあとも、しばらくその場を動けなかった。

部屋に戻ると、すぐにカロリーナさんが訪ねてきた。

私は迷惑をかけたことを謝罪し、養護院へ行きたいと伝える。

大泣きしてしまったことを謝らないと。目の腫《は》れも引いたし、こういうことは早めにすませておきたいもの。

先ほどの姫巫女様との話で、モヤモヤした気分ではありますが、これ以上考えても仕方ないしね。

カロリーナさんは何か言いたそうな顔をしつつ、すぐに護衛の方を呼びに行ってくれた。

——その後、養護院に着くと、ケイティが駆け寄ってくる。

「あ！　聖女様、すごいの！　奇跡が起こったわ!!」

そう叫んで、私に抱きついてくるケイティ。彼女の頬は真っ赤に染まっていて、興奮した様子がうかがえる。

次の瞬間、カロリーナさんが眉をひそめた。

「軽々しく聖女様に触れるのはおやめなさい。いくら聖女様が許しても、私は許しませんよ。それに、奇跡が起こるのは当たり前です。リリアナ様は聖女様なのですから！」

「うん、そうだよね！　だから、こんなに素敵なことが起こるんだわ！　リリアナ様が悲しんでいたから、神様が願いを叶えたのよ!!」

う～ん。話が噛み合っていませんね。

「ケイティ、落ち着いてください。一体、何があったんですか？」

そう言うと、ケイティはハッとした表情を浮かべて私から離れた。

「そうだった、あのね……」

けれどそのとき、今度はブラッドが顔を出した。

「コホッ、コホッ……あ、姉ちゃん！　この前は大丈夫だったか⁉」

軽く咳き込みながら、優しい言葉をかけてくれるブラッド。

うぅ、私のほうが大人なのに気を遣われるなんて……

「大丈夫ですよ。心配かけてごめんなさい。それより、ブラッドこそ大丈夫ですか？　風邪なら休まないと……」

この頃は寒いし、空気も乾燥しているから、風邪を引きやすいもの。

「大丈夫だよ、姉ちゃん。俺は小さい頃から風邪一つ引いたことがないのが自慢なんだからさ！」

ブラッドは私を安心させるように、笑いながら言う。

小さい頃って……今でも充分小さいのにね。それに、どんなに丈夫な人でも油断は大敵です。

私は、自分の手のひらをブラッドのおでこに当てる。

「うーん、ちょっと熱いですね。風邪は引きはじめが肝心なんですから、ゆっくり休んでください」

するとと、ケイティもブラッドに心配そうな眼差《まなざ》しを送る。

「ブラッド、やっぱり具合が悪かったのね。朝から食欲がなさそうだったし、歩く速度も遅かったし……咳も、私が把握しているだけで二十六回もしてるわ。最近、養護院でも風邪が流行《はや》っているでしょう？　早く休んだほうがいいよ」
ケ、ケイティ……そんなことまで把握しているなんて……
私はケイティの将来がちょっぴり不安になる。

「と、とにかく、ブラッド。私も傍にいるから、横になりましょう？」

そう言うと、隣からケイティのものすごい眼差《まなざ》しが……焼かれてしまいそうです。

内心冷や汗を掻《か》いていると、ブラッドが慌てたように口を開いた。

「お、俺は大丈夫だから、そんな必要はないって、姉ちゃん！　それより、姉ちゃんはあ、あの人に会ったほうがいい！　あの人は、姉ちゃんに会いに来たんだから！」

「……あの人？　ブラッド、あの人ってどなたですか？」

思い当たる節《ふし》がなかったので、私は首を傾《かし》げる。

一方、ブラッドとケイティは意味深に笑い、二人して私の手を引っ張った。

そのまま、ある部屋の前まで連れていかれる。

ブラッドとケイティが扉をノックすると、中から「どうぞ」という声が聞こえた。

聞き覚えのある声に、私の心臓が跳ねる。

嘘……もしかして、この声は……

ブラッドとケイティは、ニヤニヤしながら扉を開け放つ。

室内にいたのは、漆黒《しっこく》の髪に、黒とも見紛う濃い茶色の瞳を持つ男の人。

日本人によく似た容姿の彼は――

「ランスロット様……」

信じられない気持ちで、ポツリと呟《つぶや》く。

私はブラッドとケイティの手を離し、自分の頬を思い切りつねってみる。

「痛っ！　でも、痛いということは……夢じゃないの？」

すると、ランスロット様がおかしそうに笑った。

「アハハッ、夢でも幻《まぼろし》でもありませんよ。――しかしリリアナ嬢は、聖女になられても変わりませんね。安心しました」

この声、この口調……本当に……本当にランスロット様なんだ。じわり、じわりと胸が熱くなっていく。もう、二度と会えないと思っていました。まさかこうしてまた会えるなんて……

あれ、でも――

「どうして、ランスロット様が聖域に？」

「リリアナ嬢……俺に会えて嬉しくはないのか？」

「そ、そんなことはありません！　その、ランスロット様にお会いしたかったですし、今はとても嬉しい気持ちでいっぱいです‼」

力強く弁解すると、ランスロット様は目を丸くした。

「……意地の悪いことを言って、すまない。リリアナ嬢が聖女になったのは、家族のことを思ってだとわかっている。しかし、無理矢理あの話を進めてしまったからではないかと、心配だったんだ……」

「あの話？　進める？　一体、なんのことでしょうか？」

首を傾《かし》げて問いかけるが、なんでもないと躱《かわ》されてしまう。

「とにかく、リリアナ嬢が大切なことを忘れていたようだから、聖域まで来たんだ」

「大切なこと……ですか？　……思い当たる節《ふし》がないのですが」

すると、ランスロット様は真面目な顔をして口を開いた。

「忘れていただろう？　私への別れの挨拶《あいさつ》を……」

その言葉に、私は目を見開く。そして次の瞬間、頬を熱いものが伝った。

ランスロット様は、困った表情で笑う。

「いや、今のも意地の悪い言葉だったな。別れの挨拶《あいさつ》をしている時間がなかったことも、聞き及んでいる。すまない」

「……いいえ、いいえ！　ランスロット様、ごめんなさい……」

ランスロット様は手巾《ハンカチ》を取り出し、私の傍にやってきて涙を拭《ぬぐ》ってくれる。

あぁ、どうしよう、恥ずかしすぎる……

けれど、涙はなかなか止まりません。

「てめぇ、何、姉ちゃんを泣かしてるんだよ！　俺は、お前に会えば姉ちゃんが喜ぶと思って会わせてやったのに！」

ブラッドがそう叫ぶと、カロリーナさんも声を荒らげる。

「まったくです！　聖女リリアナ様は、先日も目が腫《は》れるほどお嘆《なげ》きになっていたんですよ！　それなのに、またこのように泣かせるなど……リリアナ様、ただちに大神殿に戻りましょう！」

ええっ！　せっかくランスロット様にお会いできたのに、このまま帰るのは嫌です！

一方、ランスロット様は眉間に皺《しわ》を寄せて呟《つぶや》いた。

「涙するほど、辛いことがあったのか？　くそ……手紙が届く前に、聖域へ来るべきだったな……」

手紙？　手紙って、なんのことでしょうか？

私、ランスロット様には手紙を送ってないよ。シドさんに頼まれて、王太子様に手紙は出したけど。

不思議に思いつつも、私は先にランスロット様の誤解を解くことにする。

「あの、違います、ランスロット様。辛いことがあったわけではなく……ここの人達は皆、私によくしてくださいました！」

「姉ちゃんの言う通りだよ。大神殿にいる奴らはどうか知らねぇけど、養護院にいるのはいい奴ばっかりだ。……ゲオニクス王国で俺は、奴隷やゴミみたいな扱いをされていた。でも、ここの人達は俺を人間として見てくれる。それに、俺は姉ちゃんと一緒にいたから。辛いことなんて一つもないし、幸せな毎日だ。毎日、すげぇ面白い」

その言葉に、胸が熱くなる。

ブラッド、そんなふうに思っていてくれたんだね。……面白いってワードが気になるけど、すごく嬉しいよ。

一方、ランスロット様はブラッドに向かって穏やかに微笑《ほほえ》む。

「そうか。リリアナ嬢と一緒にいて、幸せと面白さを味わっているわけだな。……俺も、リリアナ嬢と一緒にいると面白くて飽きないからな。やはり聖女になっても変わっていないようだ」

ランスロット様まで……面白いって褒《ほ》め言葉なんですかね？

私の複雑な心境をよそに、ランスロット様とブラッドは盛り上がる。

「おぉ、兄ちゃんも姉ちゃんの面白さがわかるんだな！　姉ちゃんが聖女だからって、恭《うやうや》しい態度を取る人が多いんだ。確かにいつも俺達に救いの手を差し伸べてくれるけど、姉ちゃんはそこまで遠い存在じゃねぇよ。……いや、でも、お守りとかおみくじとか考えつくとこは、普通の人っぽくないか」

「お守りの噂は、聖域に着いてすぐ聞いたよ。聖女リリアナの力が込められていて、持ち主を幸せに導《みちび》くものだと……。馬車に轢《ひ》かれた子供の傷を癒《いや》し、命を救ったそうだな」

「そうなんだよ、兄ちゃん！　姉ちゃんは本当にすげえんだ！　馬車に轢《ひ》かれたのが、そこにいるケイティなんだけど、見てみろよ！　なんともないだろう？　……ケイティを助けたお守りは、もともと俺が姉ちゃんからもらったものでさ。今は、その、手元にないんだけど……」

そう言って、しゅんと肩を落とすブラッド。

お守りを売ってしまったことを、いまだに後悔しているのかな？

でも、大丈夫！　実は今、こっそりあるものを作ってるんです。完成したら、ブラッドに贈るつもりだよ。だから待っててね!!

私がそんなことを考えている間にも、ブラッドの話は止まらない。おみくじや聖水の説明を嬉しそうに続ける。

……大丈夫かな、ランスロット様、引いてない？

いや、だって曲がりなりにも聖女なのにお金を稼ぐために、いろいろ売り出すなんて……

今さらながらヒヤヒヤする私だけれど、ランスロット様は楽しそうにブラッドの話を聞いている。

「――とにかく、姉ちゃんのおかげで、ここでの暮らしも改善されたんだ！　それから……コホン、ゴホッ」

興奮したせいか、再び咳き込んだブラッドの背中をケイティがそっと撫《な》でる。

「もう、ブラッド。やっぱり、今日は休んだほうがいいよ」

私も、ケイティの意見に賛成です。でもブラッドは、ケイティの手をバッと振り払った。

「ダメだ！　俺はまだ兄ちゃんに、姉ちゃんのことを教えなきゃならないんだ!!」

「充分よ、ブラッド。それに、久しぶりに会えた二人なのよ。早く二人きりにさせてあげなくっちゃ！　ほらっ、護衛のお兄さんやお付きのお姉さんも部屋から出た、出た」

ケイティは意味ありげに笑いながら、カロリーナさんや護衛の方まで部屋から追い出してしまう。

ブラッドはケイティに背中を押されつつ、扉の前でこちらを振り返った。

「ゴホゴホッ……兄ちゃん、姉ちゃんが悲しんでるわけじゃないって、わかったか？」

「あぁ、充分伝わったさ。それに、君がリリアナ嬢のことを大切に思っているってこともね」

ランスロット様の言葉に、ブラッドは顔を赤くする。

「なっ、そんなんじゃねえよ！　俺はもう寝る‼」

ぶっきらぼうな態度で、部屋を出るブラッド。

「ちょっと、待ってよ、ブラッド！　……それじゃあ、聖女様、頑張ってね‼」

最後に、ケイティも目をキラキラさせながらこの場を後にした。

二人きりになると、ランスロット様はクスクス笑い声を上げる。

「ランスロット様、どうなさったんですか？」

「……いや、リリアナ嬢は、この地によく馴染《なじ》んでいると思ってな。聖女として多くの人に受け入れられ、慕《した》われている。もう……シェルフィールド王国に戻る気がないのではないか？」

ランスロット様の言葉に、私は慌てて口を開く。

「なっ！　……そんな寂《さび》しいことを言うのやめてください！　私だって本当は……」

そこで、ハッと我に返った。

ダメです。この言葉を口にしちゃ。だって――

「本当は……なんだと言うのだ、リリアナ嬢」

ランスロット様は、優しい眼差《まなざ》しをこちらに向けている。私を包み込むようなその視線に、思わず本音を漏《も》らしてしまった。

「私、本当は……シェルフィールド王国に帰りたい……」

そう、それが私の本心。

だけどそんなこと、許されるわけがない。

「ごめんなさい……今の言葉は戯言《たわごと》だと思って、聞き流していただけると嬉しいです」

目を伏せてそう言うと、ランスロット様は穏やかな口調で尋ねてきた。

「リリアナ嬢がそう言うのは、幼い弟のためだろう？」

「……違います。私は自分で決めて、聖域に来たんです。弟のためじゃありません」

王太子様にも、そのような内容の手紙を書きました。

私がシェルフィールド王国へ帰れるよう、奔走《ほんそう》していると聞いたから。

そんなの、絶対にダメです。セイルレーン教会との間に溝ができれば、シェルフィールド王国がどうなることか……

きゅっと唇を噛みしめると、ランスロット様が私の顔を覗《のぞ》き込んできた。

「では、なぜそんなにも動揺し、泣きそうな顔をしているんだ？」

……私の嘘なんて、もうとっくにバレているみたい。でも、それを認めるわけにはいかないんです。

無言を貫き通す私に、ランスロット様はため息をついた。

「……では、もしリリアナ嬢の弟が身代わりになる必要がないなら、どうする？　それでもリリアナ嬢は聖女になるのか？」

そんなの……答えは決まっています。

「もし、そうであれば……私は聖女にならないでしょう」

私の答えに、ランスロット様は大きく頷《うなず》いた。

でも、それはありえない話。だから、私はこうして聖域にいるのだから。

「リリアナ嬢、正直に答えてくれてありがとう。これで、俺のすることが決まった」

「すること……ですか？　ランスロット様は、一体何をなさるおつもりなのですか？」

「決まっているだろう。リリアナ嬢の聖女の任を解くんだ」

「なっ、それでは――」

焦る私の言葉を遮《さえぎ》り、ランスロット様はにっこり笑う。

「大丈夫だ。俺がなんとかしてみせる。もちろん、オリヴィリア家の人間が身代わりになるような事態は回避させる。罰を受けたり対価を払ったりすることもないようにするよ」

「……そんな夢のような話、実現するわけがありません」

「なぜ最初から無理だと決めつけるんだ？　リリアナ嬢らしくないぞ」

「確かにそうですが——さすがにこればっかりは、不可能です」

俯《うつむ》いて唇を噛みしめる私を、ランスロット様は優しく諭《さと》す。

「俺のことを信じてほしい。きっと、うまくいくよ。……そしてすべてが解決したら、大切な話があるんだ。その話を聞いてほしい。不可能なことを可能にした、俺へのご褒美《ほうび》として」

大切な話……

一体、どんなお話なんでしょう？

「……わかりました」

戸惑いながらも頷《うなず》くと、ランスロット様は安心したように息を吐いた。

——そのとき、扉がトントンと叩かれる。

「聖女リリアナ様、お話し中のところ失礼いたします。よろしいでしょうか？」

この声は、カロリーナさんです。

なんだか焦っているみたいだけど……何かあったのかな？

「はい、大丈夫です。どうしたのですか？」

「……今、神殿から遣いの者がまいりました。どうやら、上位職の方々に緊急招集がかかったそうです。ただちに、礼拝の間へ集合するようにと。ご歓談中、大変申し訳ないのですが、今すぐ大神殿に帰還せねばなりません」

「緊急招集⁉」

私は、はじめて聞く言葉に驚く。

「あの、カロリーナさん。こういったことは、よくあるのでしょうか？　一体、何があったのですか？」

思わず扉越しに尋ねると、カロリーナさんは申し訳なさそうに答えた。

「……いいえ、滅多《めった》にありません。残念ながら内容までは知らされていないのですが、一刻も早く戻る必要があるかと」

「……ランスロット様、ごめんなさい。今すぐ大神殿に帰還せねばなりません。……わずかな時間ではありましたが、こうしてお会いすることができて本当に嬉しかったです。ランスロット様は、いつまで聖域に滞在される予定なのでしょうか？　できれば、聖域を発《た》たれる前に、もう一度お会いしたいです」

「言ったはずだぞ。俺はリリアナ嬢を聖女の任から解くと。それまでは、ここに滞在する予定だ」

その言葉に、私はホッと息を吐く。

ランスロット様のおっしゃることが実現できるかどうかはさておき……すぐに聖域を発《た》つわけではなさそうです。つまりは、また会えるということ。こんなに嬉しいことはありません。

「わかりました。また時間ができたときに、養護院を訪ねます。それまで待っていてください」

そして私は、養護院を後にしたのだった。

――ここに来るのも久しぶりですね。

エミリア教皇様から礼拝への参加を禁止されてからというもの、礼拝の間には来ていません。

荘厳《そうごん》な扉にはめ込まれた紫水晶《アメジスト》色の魔石《ませき》に手をかざすと、扉がゆっくり開いていく。

礼拝の間では、上位職の皆さんが水鏡を囲んでいた。

教皇様は、私の姿を見て眉をひそめる。

『聖女リリアナ。この緊急事態に遅れてくるとは、随分《ずいぶん》な態度ですね』

『……遅れて申し訳ございませんでした』

冷や汗を掻《か》きながら頭を下げると、教皇様はフンッと鼻を鳴らした。

『……これで全員が揃いましたね。では、今回の招集の理由をお話ししましょう』

教皇様は手にしていた聖笏《せいしゃく》を床に打ちつけ、シャンと音を鳴らす。

『残念なことに……太陽と月の君の矢が放たれ、この聖域で瘴気《しょうき》が発生しました』

その一言に、頭が真っ白になった。

他の方々も息を呑み、ざわつきはじめる。やがて皆を代表して、枢機卿《すうききょう》様が口を開いた。

『きょ、教皇様、その話は本当なのでしょうか!?』

緊迫した空気が漂《ただよ》う中、教皇様は重苦しく頷《うなず》いた。

そんな!?　誰か嘘だと言って!!

……そういえば養護院を訪れた際、ブラッドは咳をしていました。ケイティも風邪が流行《はや》っていると言っていたけど、まさかそれが――!?

『皆の者、水鏡を見なさい。今、真実を映し出しましょう。……神々よ、聖域を覆《おお》う瘴気《しょうき》の姿を映し出してください』

教皇様の言葉に、水鏡の水面《みなも》がゆらゆらと揺れる。そして、辛そうに咳き込み、倒れる人々の姿が映し出された。

これは……かつて、見たことがある光景。

昔、オリヴィリア領でも瘴気《しょうき》が発生した。そのせいで、多くの人々が命を落としたんです。

治療法も特効薬もない、不治の病《やまい》。その病《やまい》は、人から人へと感染していく。

オリヴィリア領で瘴気《しょうき》が発生した年、シェルフィールド王国全土でも瘴気《しょうき》が発生してかなりの犠牲が出ました。

以来、オリヴィリア領では治療院を設立し、瘴気《しょうき》の治療法を探してきたのですが……私達はまだそれを見つけられていない。

……ただし、予防法ならあります。

『教皇様、申し上げたいことがあります』

そう進言すると、教皇様は訝《いぶか》しげな目をこちらに向けてくる。

『なんですか、聖女リリアナよ』

『……私が生まれ育ったオリヴィリア領でも、瘴気《しょうき》が発生したことがありました。その際、病《やまい》の感染を防ぐため、ある対策を行《おこな》ったんです。マスクというもので口を覆《おお》ったり、空気が乾燥しないよう湿度を保ったりしました。すると、患者の数が大きく減ったのです。ですから聖域でもそれを実践すれば、被害は食い止められるのではないかと思います』

すると、枢機卿《すうききょう》様や大司教様達が顔を輝かせた。

そうだよね。皆、気持ちは一緒だよね。

けれど教皇様と姫巫女様は、顔をしかめたままです。

あれ？　どうしてあんなに難しい顔をなさっているんだろう？

不思議に思って首を傾《かし》げていると、教皇様は再び聖笏《せいしゃく》を床に打ちつけた。

『……聖女リリアナ、世迷事《よまいごと》で皆を惑わすのはおやめなさい。皆の者も、聖女リリアナの話に耳を貸してはなりません。これもまた運命……神々の定めたもの。私達は、その定めに逆らうことなどできないのです。私達にできるのは、ただ神々に祈りを捧げることのみ。――話は以上です』

教皇様はそれだけ言うと衣を翻《ひるがえ》し、礼拝の間を去ろうとする。

『きょ、教皇様、お待ちください！　私は……世迷事《よまいごと》など申して……おりません！　私が言ったことは真実です！　……――信じてください!!』

教皇様に向かって叫ぶと、意外なことに枢機卿《すうききょう》様も口を開いた。

『教皇様、今の話は私も聞いたことがあります！　シェルフィールド王国で瘴気《しょうき》が発生した際、最初に瘴気《しょうき》が発生したのはオリヴィリア領とティルス領だったとか……オリヴィリア領では、瘴気《しょうき》が発生したというのに驚くほど死者が少なかったそうです。一方のティルス領では、目も当てられないほどの事態になったと聞きました。これは、おそらく聖女リリアナ様の言う対策を取ったかどうかの違いではないかと……』

ええ、そうなんです！　枢機卿《すうききょう》様が説得してくださるのなら、心強いです！

なのに――

教皇様は、枢機卿《すうききょう》様の言葉までもスルーして礼拝の間を出ていってしまった。

えっ、嘘でしょ!?

このままじゃ、初期の感染を予防することすらできません！

私は思わず、教皇様のあとを追って駆け出した。そして礼拝の間を出て、外に控えていた護衛の皆さんを連れて歩みを進める教皇様のもとへ向かう。

『お、お待ちください、教皇様！』

一切こちらを振り向かない教皇様を追いかけ、その進路を塞《ふさ》ごうとしたところ――

護衛の方々に阻《はば》まれてしまいました。

『あなたが聖女様であろうとも、このセイルレーン教会を統《す》べる教皇様に害をなすのであれば、容赦はいたしません！』

護衛の一人に、厳しい口調で警告される。

けれど教皇様は、左手を上げてそれを制した。

『……構わないわ。それより、聖女リリアナ。聖女という立場にいながら、そのように取り乱すとは何事ですか。落ち着きなさい』

『……教皇様のお言葉は、ごもっともです。ですが……仕方のないことではありませんか？　だって、今ここでは瘴《しょう》――』

その瞬間、教皇様は聖笏《せいしゃく》を床に打ちつけた。

『愚《おろ》か者！　私がなんのために高位神官だけを招集したか、わかっていないのですか？　あなたは今、何を口にしようとしたのです？』

教皇様の言葉に、さぁっと血の気が引いていく。

……もし私がここで瘴気《しょうき》と口にしていたら、護衛の方々を混乱に陥《おとしい》れていたでしょう。そこから、噂が広まってしまうかもしれない。

『……教皇様、本当に申し訳ありません』

頭を下げて謝ると、長いため息が聞こえてきた。

……教皇様から呆《あき》れられても仕方ない。なんの反論もできないよ。

そのまま頭を下げ続けていると、教皇様から思わぬ言葉が聞こえてきた。

『頭を上げなさい、聖女リリアナ。……本当に、あなたは何も知らない。罪深いことね。けれど、今こそ知らなくてはいけないのかもしれません』

私は、ハッと顔を上げる。

『聖女リリアナ、私の部屋に来なさい』

教皇様はそう言って、再び歩きはじめた。

予想外の展開に、目をぱちぱち瞬《またた》かせる私。そのまま動けずにいると、教皇様が振り返る。

『聖女リリアナ、早く来なさい。置いてきますよ』

『あ、お、お待ちください、教皇様！』

我に返った私は、慌てて教皇様を追いかけたのだった。


教皇様は人払いをして、私を部屋の中に入れてくれた。

……さすが、セイルレーン教会を統《す》べる教皇様のお部屋。一つ一つの家具が洗練されているし、とても品のある内装です。

思わず室内を見回していると、教皇様がコホンと咳払いする。

『話をはじめていいかしら？』

『も、申し訳ありません』

『……そうね、まずはあなたの話から聞きましょう。私に何か言いたいことがあるのでしょう？』

教皇様に椅子をすすめられ、私はそこに腰を下ろした。そして先ほどの続きを口にする。

『瘴気《しょうき》のお話の続きになるのですが……オリヴィリア領で実践した対策をどうして行《おこな》わないのです

か？』

確実に助かるわけではないにせよ、何もしないより絶対にいい。それなのに……理解できません。

すると教皇様は、呆《あき》れた表情で答えた。

『そんなことですか。簡単なことです。予防しては、瘴気《しょうき》の患者が発生しなくなるではありませんか』

あまりにもあっさりおっしゃられたので、私は言葉が出てこない。

けれどやがて、怒りの感情がふつふつと湧いてきた。

『そ、それはどういう意味ですか？』

『ですから、言葉の通りです。聖域で瘴気《しょうき》が発生し、犠牲が出るのは致《いた》し方《かた》のないこと』

……そんな！

教皇様は、瘴気《しょうき》で人が命を落としてもいいと思っているの？

じゃあ、今まで礼拝の間で人々を救済していたのは、なんだったの？

私は、思わず声を荒らげた。

『では教皇様は……瘴気《しょうき》で倒れていく民を、見捨てるというのですか？　それが神の道を進む者の……すべきことだと!?　そんなこと、私は認めない!!』

すると、教皇様は苛立ちも露《あら》わに口を開く。

『聖女リリアナ、あなたがそれを言うとは。……ならば、なぜ世界の均衡《きんこう》を崩すようなことをしたのですか！』

『均衡《きんこう》を崩す……？　教皇様は、一体何をおっしゃっているのですか？』

『あなたは本当に美しく、純粋で……どこまでも無知ね。聖女リリアナ、救いたいと願おうとも、どうにもならないことがあるのです。あなたの提案通り、予防をしたとしましょう。するとどうなると思う？　この瘴気《しょうき》で救われた者達のかわりに、別の者へ死の運命が降りかかるのです。救われた者がそれを知ったとき、どう思うでしょうね』

苦しそうに言葉を紡ぐ、教皇様。

――死の運命。

しばらく前に、プリシラさんからもその話を聞きました。

命の数は決められていると聞きましたが――神にもっとも近い地にある、この聖域でもそれが決められているというの？

『……教皇様は、死の運命が他の人に向かないよう、瘴気《しょうき》の対策を取らないと決めたのですか？』

『ええ、その通り。誰かの犠牲の上に生きていくというのは、とても……とても残酷で辛いことだもの。……聖女リリアナ。あなたに昔話を教えて差し上げましょう』

『昔話……ですか？』

突然のことに戸惑ってしまうが、教皇様は構わず話しはじめる。

『昔、昔……あるところに、エミリアという女の子がいたの。彼女が暮らしていたのは、とても小さな村。村人すべてが家族のような、温かく、笑顔に満ちた村だったわ。でもね、そんな平和で幸せな村を……瘴気《しょうき》が襲ったの。そして、エミリアも瘴気《しょうき》に冒《おか》された……』

私は、その言葉に息を呑む。

これは、教皇様の昔話――まさか、そんなことがあっただなんて。

私は黙り込み、教皇様の話に耳を傾《かたむ》ける。

『とはいえ、村人はただの風邪だと思っていた。しばらくすれば、皆よくなるとね。けれど、風邪はなかなか治らない。そんな中、噂を聞きつけた治療師が二人も村に来てくれたの。年若いほうの治療師は女性でね、エミリアにとてもよくしてくれた。彼女は、夫でもある守護者を連れていたわ。とても仲睦《なかむつ》まじい夫婦だった』

――守護者というのは、治療師を護衛する方のこと。癒《いや》しの力を持つ治療師はとても稀少《きしょう》な存在で、誘拐などの事件に巻き込まれやすい。だから、守護者を連れているんです。

『彼女の癒《いや》しの力のおかげで、エミリアの気分は随分《ずいぶん》よくなった。まるで、病《やまい》が治ったと勘違いするくらいね。……けれど、もちろんそんなはずはない。やがて治療師は、村人が瘴気《しょうき》に冒《おか》されていることに気がついた。そして年配の治療師は、その事実を領主に告げたの。結果、どうなったと思う？』

私は、ぶるりと身を震わせる。

……オリヴィリア領にいた頃、治療師であるレオーネさんが語ってくれた話。教皇様の昔話は、それにそっくりです。

嫌な予感に、胸がずきずきと痛み出す。

『――答えは簡単。瘴気《しょうき》が他の地にも感染しないよう、領主は村に火を放ったのです。村人達は、火に焼かれて命を落としていった。エミリアもまた、死を覚悟したわ。けれど、奇跡が起きた。年若い治療師と守護者が、彼女を助けに来てくれたの』

教皇様はそこで言葉を切り、私をじっと見つめる。

私は、震える声で尋ねた。

『……その少女と、治療師と守護者はどうなったのですか？』

『炎に包まれた家を脱出する際、梁《はり》がエミリアに向かって倒れてきました。守護者はそれをかばい、かわりに下敷きとなったのです。治療師は、夫を救い出そうとしました。それでも梁《はり》は重く、ビクともしません。……彼女は、守護者とともに死の運命を迎えようとした。けれど、できなかった。その場に、瘴気《しょうき》に冒《おか》されたエミリアがいたから。彼女は泣きながら、エミリアを安全な場所へ連れていった。そして……「ごめんね」と謝り、再び村へ戻ったのです』

聞けば聞くほど、レオーネさんの話に似ている。

こんな偶然、あるんでしょうか？

『教皇様……その治療師の女性のお名前は……なんと言うのでしょうか？』

思わずそう尋ねると、教皇様は暗い笑みを浮かべて答えた。

『聖女リリアナ、それはあなたが一番知っているのではなくて?』

あぁ、やっぱり……そうなんだ。

『……レオーネさんですね』

教皇様は、答えない。けれど、それこそが肯定の証《あかし》だった。

以前、教皇様と道ですれ違ったときに、不思議なことを言われました。

――誰かを助けたいと願うあなたの心は、あの方譲りかしら。

あれは、レオーネさんを指していたんですね。

『……その少女は、そのあとどうなったのですか?』

『瘴気《しょうき》の様子を見に来ていた教会の査察官に保護され、奇跡的に快復しました。そして神の道に入ったのです』

査察官ということは、シドさんと同じ任に就《つ》いている方ですね。

『エミリアは、必死に神の道を進みました。年若い治療師のように、人のために生きようと。やがて彼女は、教皇という地位にまで上りつめた。しかしその地位に就《つ》くことで、知るはずのなかった運命を知ることになる。村で瘴気が発生した日、守護者が命を落としたことにより、死すべき命の数が満たされ――そのおかげで、エミリアは快復した。彼女の命は、守護者の死の上になりたっていたのです』

教皇様は、顔をくしゃりと歪《ゆが》めて言葉を吐き出した。

私は、ひゅっと息を呑む。それほど過酷な道を歩んでこられたなんて……

苦しみと悲しみを全身に滲《にじ》ませた教皇様を見て、気がつくと私は口を開いていた。

『教皇様……レオーネさんにはお会いにならないのですか？』

すると、教皇様はキッと眉を吊り上げる。

『な、会えるわけがないでしょう！　どの面《つら》を下げて、会いに行けばいいというのです⁉』

『……レオーネさんは、ご自身が助けた少女のことを案じていました。そして、悔いてもいました——少女が頼れるのは自分だけだったのに、置き去りにしてしまったと。だから……今、その少女が悲しみと苦しみを抱えていることを知れば、きっと心を痛めると思います。教皇様、レオーネさんは、決してその少女を責めるような方ではありません』

そこまで口にして、しまったと思った。当事者の教皇様に、こんな言葉をかけてしまうなんて……

教皇様をうかがうと、肩をわなわなと震わせていた。そして——

『あなたは、本当の苦しみなど知らないから軽々しく言えるのです！　人の死の上になりたつ生など、辛く、後悔と懺悔《ざんげ》しかありません！　無理に死の運命を変えてはならない……私のような人間を、これ以上、増やしてはならないのです‼』

その言葉に、私は胸がギュッと締めつけられる。それでも……それでも、私は……

『教皇様、本当に皆が助かる道はないのでしょうか？　目の前の人々を救い、かわりに死の運命が降りかかりそうになった人々も救い……そうして救済を続けていれば、いずれ死の運命から解放されることはないのでしょうか？』

縋《すが》るように尋ねると、教皇様は眉間に深い皺《しわ》を寄せた。

『死の運命からの解放？　そんなことをすれば、この世界は――』

そこでハッとした表情を浮かべ、教皇様は首を横に振った。

『……いえ、なんでもありません。聖女リリアナ、もうあなたと話すことは何もありません。今すぐこの部屋から出ておいきなさい！　誰か、誰かいるかしら⁉』

教皇様が扉に向かって声をかけると、すぐさまお付きの巫女様の声が聞こえてきた。

『教皇様、いかがなさいましたか？』

『聖女リリアナとの話は終わりました。彼女を自室まで案内して差し上げなさい』

……ここで粘っても、これ以上お話しするのは難しそうですね。

私は教皇様に深く頭を下げる。

『……出過ぎたことを申し上げて、失礼いたしました。……また今度、一緒にお話しができましたら幸いです』

けれど教皇様は何も答えず、私を部屋の外に促《うなが》してバタンと扉を閉めた。

しばらくの間、私はその扉を見つめる。……まるで、教皇様の心みたい。やっと少し開けていただけたと思ったのに、すぐに閉まってしまった――

私は小さく息をつき、首を横に振る。

教皇様は死の運命を受け入れるつもりみたいですが、私は諦めたくありません。

きっと、何かできることがあるはず……私は、自分にできることを精一杯やろうと誓った。


「……ふう。これでよしと」

私は縫《ぬ》い上がったマスクを確認して、ひと息つく。

自分にできることをやろうと決めたものの、私にできることはそれほどたくさんありません。

私はふと、教皇様と話した日のことを思い出す。

あれから一週間ほどが経ち、神職に就《つ》く者達には、外出を控えるようお達しがありました。もちろん、瘴気《しょうき》が発生していることは伏せられているけどね。

……聖域の瘴気《しょうき》を止めたら、また別の災厄《さいやく》が降りかかるのかな？

思わずそんなことを考える。

そうしたら、その災厄《さいやく》を止めて、また新たに起こる災厄《さいやく》も止めて――

――もしかしたらそれは無理な話なのかもしれない。けれど、悲劇の連鎖を断ち切る方法を探りたい。……それに、養護院の皆が苦しむところを見るのは嫌なんです。

私は完成したマスクを籠《かご》の中に入れた。

たくさん作ったから、養護院に持っていこうかな。

そんなことを考えていると、部屋にやってきたカロリーナさんが籠《かご》の中を覗《のぞ》き込む。

「あら、マスクでございますわね」

その言葉に、私は頷《うなず》く。

「はい。少しでも何かの役に立てばいいなと思って、作っていたんです。でもカロリーナさん、よくマスクをご存じでしたね？　聖域の方々はほとんど知らないのに……」

シェルフィールド王国では、今やマスクは風邪の予防の必需品《ひつじゅひん》。

でも遠く離れたこの地では、マスクを知っている人なんてほとんどいません。

何気なくカロリーナさんにそう言うと、彼女は焦ったように目を泳がせた。

「……私は聖女様のお世話係になるため、リリアナ様のことはなんでも調べましたわ!!　だからこそ、並み居る巫女達を蹴散らしてお世話係になれたんです!!」

なっ、なるほど――

だから、マスクのことも知っていたんですね。

それにしても、どうやって調べたんだろう。この世界にはインターネットはもちろんないし、情報を収集する手段なんてかなり限られている。

……いえ、詮索するのはやめておきましょう。なんだか怖い気もするし。

見て見ぬフリを決めたところで、部屋の扉がノックされる。

『聖女リリアナ様、少々よろしいでしょうか？　実は大神殿の門の前で、まだ幼い少女が騒いでいませて……聖女リリアナ様に面会したいと言っているのですが、いかがなさいましょうか？』

『幼い少女……ですか？』

私は、首を傾《かし》げて考え込む。もしかして、養護院の誰かかな？

『その少女の名前は、聞いていらっしゃいますか？』

扉越しに尋ねると、答えはすぐに返ってきた。

『はい、養護院のケイティと名乗っているそうです』

『ケイティが……？　すみません、そちらに案内していただけますか？』

胸騒ぎを覚えた私は扉を開けて、そこにいた巫女様にお願いする。

門の前で騒いでいるなんて、どうしたんだろう？　ケイティらしくないと思うんだけど……

すると巫女様は、少し驚いたような顔をして答えた。

『本当に、聖女様のお知り合いだったのですね。……かしこまりました。聖女様が出向く必要はございません。こちらにその少女を連れてまいりますわ』

巫女様は、一礼して部屋を去っていく。

私は、落ち着かない気分でケイティの到着を待った。

やがて扉の向こうから足音が聞こえてきて、扉がノックされた。

『聖女リリアナ様、養護院の少女ケイティを連れてまいりました』

『どうぞ、入ってください』

入室を促《うなが》すと、困ったような顔をした巫女様と、目を真っ赤に腫《は》らしたケイティが部屋に入ってくる。

「ケイティ！　どうしたの？　何があったの？」

私は、慌ててケイティに駆け寄る。

泣き腫《は》らした目に、ぐちゃぐちゃの髪。服も少し汚れています。加えてケイティは、なぜかマスクを付けていた。

……マスクは、これから養護院に届けようとしていたのに。

どうしてケイティがマスクをしているの？

疑問を抱えつつ、今はそれより先に聞くことがあると思い直す。

私は、巫女様に視線を向けた。すると彼女は、申し訳なさそうな表情で話しはじめる。

『その……泣き腫《は》らしていたのは、この大神殿に来たときからだったそうです。ですが……約束もない中、普通の民が聖女様に面会することはできません。それを告げたところ、暴れてしまいまして……』

ケイティの乱れた髪を直していると、少女は目に涙をいっぱい溜めて抱きついてきた。

「今日は聖女様にお願いがあって来たの！　ブラッドを……ブラッドを助けてほしいの!!」

「ケイティ、落ち着いてください。ブラッドに何かあったの？」

優しく背中を撫《な》でながら尋ねると、ケイティは言葉を詰まらせながら、事情を説明してくれる。

「……ブラッドの風邪がね、治らないの。とっても辛そうで……見てられない。今は……聖域で風邪が流行《はや》っているでしょ？　お守りと聖水はよく効くって、大人気なの。……だから、お守りは完売しちゃったし……聖水は売り物だからって飲もうとしないの。……お願い！　私、なんでもするから……ブラッドの風邪も治してあげて!!」

先日会ったとき、随分《ずいぶん》咳き込んでいたブラッド。

風邪の引きはじめだと思っていたけど、もしかして……

嫌な予感に、サァッと血の気が引いていく。

「……カロリーナさん、私、今すぐ養護院へ向かいます！」

そう言って立ち上がると、カロリーナさんは困惑した様子で答える。

「ですが……今、神殿では外出を控えるようにとのお達しが……」

「事態は一刻を争うのです」

私の言葉に、やがてカロリーナさんはため息をついた。そして外出の準備をはじめてくれる。

ありがとう、カロリーナさん……！

「ケイティ、安心してくださいね。ブラッドがよくなるように、協力するから」

本当は、治してあげたい。でも、瘴気《しょうき》には治療法がありません。

大きな不安を胸に、私はカロリーナさんや護衛の方々にもマスクを渡す。そして自分もそれを装着し、養護院に向かったのだった。

「――ブラッド、大丈夫ですか？　ケイティから聞きました」

ブラッドの部屋を訪ねると、弱々しい様子で寝台に横たわるブラッドの姿があった。

「あ……姉ちゃん、久しぶりだなぁ……。それにしても、ケイティは……本当に神殿まで……姉ちゃんに会いに行ったのか」

いつもとはまったく違う、か細い声……相当、弱っているのでしょう。

ケイティは目を潤《うる》ませつつ、明るい声で答える。

「もちろんよ！　だって、ブラッドったら聖水も飲まないんだもの。だったら、聖女様に治してもらうしかないじゃない!!」

「……そうですよ、ブラッド。ケイティが私を呼んでいなかったら、どうなっていたことか……」

悲しみを堪《こら》えつつそう言うと、部屋の扉が開かれた。

そして、よく知る人物が姿を現す。

「ラ、ランスロット様……」

ランスロット様はマスクを装着し、水の張られた盥《たらい》を持っていた。水には、手巾《ハンカチ》が沈んでいる。

「……あの、ランスロット様はブラッドの看病をしていたのですか？」

驚いて尋ねると、ケイティが興奮した様子で口を開く。

「そうよ、聖女様！　ランスロット様が、ブラッドの看病をしてくれていたの。それにね、ランスロット様は、いろんなことをご存じなの。このマスクもね、風邪が移ったらまずいからって、養護院の皆に配ってくれたのよ！」

そっか。それでケイティは、マスクをしていたんですね。

私はランスロット様にお礼を伝えつつ、ケイティ達には聞こえないように声を潜《ひそ》めて話す。

「……ブラッドの容態は、どうでしょうか？」

「リリアナ嬢、そのことなんだが……耳を貸してくれないか？」

その一言で、ブラッドがどのような状態にあるのか察してしまう。

私は祈るような気持ちで、ランスロット様の言葉に従った。

「……ブラットはおそらく、瘴気《しょうき》に冒《おか》されている」

その瞬間、私はひゅっと息を呑んだ。

やっぱり、瘴気《しょうき》だったのね……

つまり……命を落としてしまう可能性も高いということ。

私がショックを受けていると、ケイティが怒ったように言う。

「ちょっと、そこの二人！　何をコソコソしているの？　聖女様、早くブラッドを治してあげて!!」

「……そうですね」

瘴気《しょうき》を治すことはできないけれど……

少しでもブラッドの苦しみを和らげてあげたい。

私はブラッドの寝台に近づき、両膝を床につけて話しかけた。

「ブラッド、ケイティから聞きましたよ。聖水を飲まなかったんですって？　あれは、私とブラッドの二人で生み出した泉ですよ。今も湧き出ているんだから、飲んでも構わなかったのに……」

「コホンッ……だって、姉ちゃんの魔法はすごいけど……いつ泉が涸《か》れるかわからないだろ？　だったら、少しでもたくさん聖水を売ったほうがいいよ……コホン……」

ブラッドの言葉に、私はため息をついた。

「もう、ブラッドは、そんな心配しなくていいんですよ。私はお金より、ブラッドの体調のほうが心配です。……だから、これを持っていてくださいね」

私は懐《ふところ》からあるものを取り出し、ブラッドに握らせた。

「なんだよ、姉ちゃん？」

「うふふ、確認してみてください」

ブラッドはゆっくりと手を上げて、そこに置かれたものを見つめる。

「姉ちゃん、これ……お守り……」

「ええ。これは、ブラッド専用のお守りです。大事にしてね」

お守りを手放してしまったと、嘆《なげ》いていたブラッド。

だから、こっそり作っておいたんです。ブラッドが幸せになるように、ずっと元気でいられるように、願いを込めて針を進めました。

「……姉ちゃん、ありがとう……俺、ずっと持ってるから……」

目を潤《うる》ませるブラッドに、私は微笑《ほほえ》みかける。

そしてお守りを持った小さな手をきゅっと両手で握りしめ、心の底から願った。

「どうか、ブラッドがよくなりますように！　もう一度、元気で駆けまわれますように！　お願いします!!」

詠唱《えいしょう》してしばらくすると、ブラッドの呼吸が先ほどより落ち着いていることに気づいた。真っ青だった頬にも、赤みがさしている。

「……すごい、姉ちゃん。たった一瞬で、すごく楽になったよ……！」

ぱっと顔を輝かせるブラッド。そのまま身体を起こして、う〜んと伸びをしている。

よかった。治すことはできないけど、せめて少しでも苦しみを軽くしてあげたいもの。

安堵《あんど》のため息をついたとき、背後から伸びてきた手に右手をガシッと掴まれた。

えっ、誰っ!?

驚いて振り向くと、真剣な表情を浮かべたランスロット様がいた。

「ど、どうしたのですか、ランスロット様？」

「どうしたもこうしたも……リリアナ嬢、今、自分が何をしたのかわかっているのか？」

え、何をしたって……

少しでもブラッドが楽になるように、願っただけですよ？

首を傾《かし》げていると、ランスロット様は私を立ち上がらせて、部屋の隅へ連れていく。そして――

「……リリアナ嬢。信じられないが、ブラッドの瘴気《しょうき》は治ったようだ」

私は、目をぱちぱちと瞬《またた》かせる。

「……治った？　ランスロット様、残念ながら瘴気《しょうき》は癒《いや》しの力でも治せません。幸いにも、一時的に楽にしてあげることはできたみたいですが――」

「いや、それはない。よほど強い力を持つ治療師でも、ここまで症状を改善させることなどできない。せいぜい、喉の渇きを潤《うるお》す程度。患者が楽になったと感じることはあるようだが、こうやって起き上がったりはできない。それが瘴気《しょうき》という病《やまい》なんだ」

私の言葉を遮《さえぎ》って説明するランスロット様に、私は戸惑う。

「あの……でも、ランスロット様。私にはそんな力は――」

そのとき、ケイティが「もう！」と声を上げた。

「聖女様、ブラッドがよくなったのに、何を二人でコソコソしているの？」

「そうだよ、姉ちゃん。俺、せっかく元気になったのに」

寝台のほうを見ると、二人はこちらに拗《す》ねたような顔を向けていた。

「えっと……」

思わず口ごもると、ランスロット様が私に目配せをしたあと、ブラッドに話しかけた。

「ブラッド、調子はどうだ？」

「え？　もう、すっかりいいよ。さっきまであんなに苦しかったのに、今はすげぇ楽なんだ。それに、身体も軽くなって、全然だるくない」

溌剌《はつらつ》とした様子で答えるブラッドに、私は目を丸くした。

……確かに、すっかり治ったようにも見えます。

でも、瘴気《しょうき》は治癒魔法が効かない病《やまい》なのに。

「リリアナ嬢……オリヴィリア領でも、似たような症状の患者を診《み》たことがあるだろう？　そのときは、どうだった？」

ランスロット様は、言葉をぼかして尋ねてくる。私は混乱しつつも答えた。

「あのときは……私はまだ自分のご先祖様も知りませんでしたし……ただ多くの人に縋《すが》られて……癒《いや》してあげたい一心で願ったことはありましたが……自分の力がどれほど小さいか実感しただけで……私にできたことといえば、マスクを作ったり、部屋の湿度を保つために注意したり……それくらいでした」

オリヴィリア領で瘴気《しょうき》が発生したときのことを思い出し、胸が痛くなる。

「今回のブラッドにしたように、直接、治癒魔法を使ったことは？」

その問いかけに、ふとあることを思い出す。

「……そういえば同じ頃、親友のミーナちゃんがひどい風邪にかかって……でも、私が癒《いや》しの魔法を使ったら元気になりました」

「それだ！　リリアナ嬢!!」

「え？」

話の流れが理解できず、私は首を傾《かし》げる。

「その親友は……本当に風邪だったのか？」

「は、はい。ミーナちゃんのご両親や、治療師のレオーネさんも風邪だとおっしゃっていて……」

ランスロット様は、再び私の耳元で囁《ささや》く。

「リリアナ嬢、忘れてはいないか？　瘴気《しょうき》は風邪の症状に似ていると。現にブラッドだって、皆が風邪だと信じていただろう？」

その言葉に、私はハッとする。

そういえばあのとき、周りの大人は深刻な顔をしていて、こう言っていた。『治癒魔法が効かない』と……

もしかして……ミーナちゃんは風邪ではなく、本当は瘴気《しょうき》に冒《おか》されていたの？

「それでは私は……知らないうちに、あの病を治していたということ？」

けれどあのとき、ミーナちゃんのご両親もレオーネさんも……私の両親ですら、何も言いませんでした。もしミーナちゃんが本当に瘴気《しょうき》に冒《おか》されていたのなら、周囲の大人達は私の力に気づいていたはずなのに。

……きっと、それは私を守るため。

私に瘴気《しょうき》を癒《いや》す力があると知られたら、ものすごい騒ぎになってしまうから――

「リリアナ嬢、大丈夫か？」

顔を上げると、ランスロット様が心配そうな表情を浮かべています。

「――あまり嬉しそうではないのだな。あの病を癒《いや》す力があれば、多くの人を助けられるというのに」

以前の私なら、喜んでいたことでしょう。

でも、今は違う。私が瘴気《しょうき》に冒《おか》された患者さんを助けても、また別の場所で誰かが命を落としてしまうと知っているから。

ランスロット様は、もちろん『死の運命』を知りません。

だからこそ、なんと言っていいのかわからず、私は曖昧《あいまい》に言葉を濁《にご》すことしかできませんでした。


――その日の夜、私が部屋で考え事をしていると、ご機嫌なルーチェがやってきた。

(どうしたの、リリアナ？　なんだか今日は随分《ずいぶん》と元気がないねぇ)

ルーチェは、今日もたくさんの花を抱えている。

(ルーチェ……そのお花、もしかして……)

(うん！　今日もリリアナの頭をお花でいっぱいにするの!!)

（ダ、ダメです！　頭にお花を付けたら、また巫女様達に勘違いされてしまうでしょう？　それに、精霊の姫巫女様の気分も害してしまいます）

慌ててそう言うと、ルーチェは唇を尖らせた。

（むぅ、だってリリアナはお姫様なんだから、それくらい大丈夫だもん）

（……そのお姫様という設定は、どこから来たんですか？）

（えぇー、リリアナはお姫様じゃん！　なんて言ったって、リリアナのご先祖様は――）

そのとき、部屋の扉がノックされた。

（あ、誰か来たみたい。ルーチェは消えることにするよ！　じゃあまたね、リリアナ‼）

（え、ちょっと待ってください！　ルーチェ、今何か重要なことを言おうとしていたんじゃないの？）

けれどルーチェは手に抱えていた花を机に置き、身を翻《ひるがえ》して姿を消してしまった。

もう……次に会ったとき、いろいろ聞き出さなくちゃ。

そのとき、再び扉が叩かれた。

「聖女リリアナ様、少々よろしいですか？」

この声は――カロリーナさん。こんな時間に、どうしたのかな？

「どうぞ、入ってください」

慌てて入室を促《うなが》すと、思いつめた表情のカロリーナさんが現れた。

私は椅子をすすめつつ、どうしたのか尋ねる。

「……聖女リリアナ様。本当のことを教えてほしいのです。本日、訪ねた養護院の少年は……瘴気《しょうき》に冒《おか》されていたのではないですか？」

カロリーナさんの言葉に、私は息を呑む。どうして、それを？

いやいや、まずは誤魔化《ごまか》すことが先決ですね。

「カ、カロリーナさん、突然どうしたんですか？　ブラッドはただの風邪で――」

「でも、皆が噂しています！　聖域で瘴気《しょうき》が発生したのではないかと。先日の緊急招集は、瘴気《しょうき》についてお話しされていたんじゃないのですか？」

う、鋭いです、カロリーナさん。

私が目を泳がせていると、彼女は悲しげな表情で話しはじめた。

「……聖女リリアナ様、私、知っているんです。この世界では……生まれてくる命の数が決められているのでしょう？」

「なっ、どうしてそれを――!?」

「……先日、たまたま聞いてしまったんです。教皇様と姫巫女様がお話しされていて――そのとき、お二人はおっしゃっていました」

それから、カロリーナさんは静かに話しはじめた。教皇様と姫巫女様が、災厄《さいやく》を回避できないと話していたこと。災害を回避しても、必ず別の災害が起こり、それでも世界の均衡《きんこう》が崩れそうになったときに瘴気《しょうき》が発生すること。

——すなわち、瘴気《しょうき》は最後の災厄《さいやく》。お二人の力をもってしても、瘴気《しょうき》の患者を救うことは絶対にできない。

「……聖女リリアナ様。教皇様と姫巫女様のお話は、私には難しすぎてわからないこともたくさんありました。けれど、一つ思いついたことがあるのです。瘴気《しょうき》が最後の災厄《さいやく》なのであれば、それをすべて止めれば、他の災厄《さいやく》は起こらないのではないでしょうか？」

カロリーナさんの言葉に、私はハッとする。最後の災厄《さいやく》を食い止めれば、もう他の災厄《さいやく》は起こらない？

「聖女リリアナ様。災厄《さいやく》というのは、神々のご意思によって起こされるのでしょう？　たとえば災害に苦しむ人々を水鏡で救ったなら、別の災害が起こる可能性もあります。けれど、その災害もまた、水鏡で止めることができるのですよね？　ただし、ここで瘴気《しょうき》が発生すれば誰も助けることができません。だからこそ、最後の災厄《さいやく》と呼ばれているのでしょう？」

カロリーナさんはそこで一度言葉を切り、私の顔をじっと見つめた。

「——もし養護院の少年が瘴気《しょうき》に冒《おか》されていたのだとしたら、聖女リリアナ様には、それを癒《いや》す力があるということですよね。すなわち、最後の災厄《さいやく》を止める力があるということです。何度瘴気《しょうき》が発生しようと、聖女リリアナ様ならすべてを回避することもできるでしょう。——もしかするとその先に、新たな希望があるのではないでしょうか？」

「新たな、希望――」

「……出過ぎたことを申し上げていると、承知しております。けれど私は、皆が助かる道は聖女リリアナ様にしか切り開けないのだと思っているのです」

そう締めくくると、カロリーナさんは深々と頭を下げて、部屋を出ていった。


「皆が助かる道……」

それからしばらくの間、私はカロリーナさんの言葉について考えていた。

本当にそんなことができるのかな？

……ううん、本当は私の中で、もう答えは決まっている。

迷ってばかりで行動できないなんて、私らしくありません！

カロリーナさんの言っていた方法で、本当に皆が救えるのかどうかはわからない。けれど、少しでも希望があるのなら、私はそれに懸《か》けてみたい！

カロリーナさん、ありがとうございました。次にお会いしたときに、きちんとお礼を言わないとね。

思いが固まったところで、またも部屋の扉がノックされた。

今夜は、お客様が多いですね。

私は扉に駆け寄り、それをゆっくり開いたのですが――

目の前に立っていた人物を見て、危《あや》うく大声を出すところでした。

「なっ、ラ、ランス――」

「しっ。こんな時間にすまない……紳士の取る行動ではないが、許してほしい。部屋に入れてもらえないだろうか、リリアナ嬢」

そう、そこにいたのは、神官様の服を身に纏《まと》ったランスロット様でした。

私は慌てて彼を部屋に招き入れる。そして扉をしっかり閉めて、問いかけた。

「ど、どうしてここに……」

「昼間のリリアナ嬢の様子が気になってな。何か思いつめているように見えたが、大丈夫か？」

その言葉に、心臓が大きく跳ねた。

――私のことを心配して、ここに来てくれたの？

どうしよう……すごく、嬉しいです。

感動のあまり言葉に詰まっていると、ランスロット様は私の顔をじっと覗《のぞ》き込んだ。

「――リリアナ嬢。俺は、いつでもリリアナ嬢の力になりたいと思っている。だからこそ、隠しごとはしないでほしい。すべて話して、もっと俺を頼ってほしい。何があっても、俺はリリアナ嬢の味方だ。……それとも、俺では頼りないかな？」

「そ、そんなこと――」

……私、二度とランスロット様には会えないと思っていました。けれど、こうして聖域まで来てくれて、私がシェルフィールド王国に帰れるよう策を考えてくれて――おまけに、こんな言葉までかけてくれるなんて。

すごく嬉しくて、視界がどんどんぼやけていく。

「あぁ、すまない。泣かせるつもりはなかったんだが――」

少し慌てた様子のランスロット様に、私はくすりと笑う。

「違うんです……私、嬉しくて……ランスロット様、ありがとうございます」

そう言ってにっこり微笑《ほほえ》むと、ランスロット様はホッとしたように息を吐いた。

――それから私は、ランスロット様にすべてをお話ししました。

『死の運命』や聖遺物の水鏡については、さすがに話すことができず、言葉に詰まってしまったけれど……ランスロット様は、「どうしても話せないことは、無理しなくていい」とおっしゃってくださいました。

「――つまり、セイルレーン教会には瘴気《しょうき》の患者を治したくない事情がある。それは、この世界の理《ことわり》にも繋《つな》がることで、致《いた》し方《かた》ない。けれど、リリアナ嬢にはその理《ことわり》を覆《くつがえ》し、皆を助けられる可能性があるということか？」

「はい、そうなんです」

ランスロット様は、しばらく考え込んでいましたが、やがてため息をつく。

「――リリアナ嬢の心は、もう決まっているんだろう？　ならば俺もそれに懸《か》けよう。しかし下手に動くと、ますます聖域から離れられなくなりそうだな。リリアナ嬢が瘴気《しょうき》を癒《いや》したと知られれば、ますます聖女として担《かつ》ぎ上げられそうだ」

「そ、それは困ります」

「ああ。だから、秘密裏に行動しよう。リリアナ嬢が皆の瘴気《しょうき》を癒《いや》すには、あるものを使う必要があるんだったな。それは、どこにあるんだ？」

「礼拝の間です。でも、警護の方々がたくさんいらっしゃるでしょうし……」

「そこは、俺に任せてくれ。リリアナ嬢を無事、そこまで送り届けよう。――さてリリアナ嬢、今さらではあるが、これから決行するということでいいんだな？」

にやりと笑うランスロット様に、私は力強く頷《うなず》く。

「もちろんです！　ランスロット様、ありがとうございます！」

「ランスロット様、こっちです」

「――リリアナ嬢、その先には警護がいる。手前の柱に隠れてやり過ごそう」

私達は、声を潜《ひそ》めつつ大神殿の廊下を進む。

それにしてもランスロット様、すごいです。

どうやら神官様のフリをして大神殿に忍び込み、情報収集をしながら私の部屋を探り当てて訪ねてくれたみたいなんだけど――そんなこと、すんなりできるものなのかな？

訝《いぶか》しげな目を向ける私に、ランスロット様は意味深に微笑《ほほえ》むばかり。きっと、これ以上聞いても教えてくれないでしょう。

やがて私達は、礼拝の間に続く廊下に辿り着いた。

「……ここからは警護も多いな」

「そうなんです。どうやって進みましょう……」

私が考え込んでいると、ランスロット様は静かに詠唱《えいしょう》をはじめた。

「警護の者よ、眠りにつけ」

すると、前方を歩いていた警護の皆さんがバタバタと倒れていく。

私は目を見開いた。

「す、すごいです。ランスロット様……！」

そういえば、ランスロット様は高魔力保持者でしたね。それにしても、あれだけたくさんの方々を一度に眠らせるなんて。

驚く私に、ランスロット様は呆《あき》れた表情を浮かべた。

「これくらい、リリアナ嬢にだってできるだろう？　ほら、先を急ごう。警護達が交代の時間を迎える前に、カタをつける必要がある」

あ、そうでした。

私達は、礼拝の間に続く道を静かに走る。やがて大きな扉の前に辿りつくと、ランスロット様はまじまじとそれを見つめた。

「……鍵穴がないんだな」

「ええ。この扉には、なんとアルディーナ様の仕掛けが施《ほどこ》されているんだそうです。神々の血筋の者か、あるいはアルディーナ様の魔石《ませき》に反応して開くのだとか」

私はそう説明して、扉にはめ込まれた魔石《ませき》に手をかざそうとする。けれどそのとき――

『お待ちなさい!!』

私とランスロット様が振り返ると、そこには意外な人物の姿があった。

『ひ、姫巫女様……』

『ここより先へ進むことは、私が許しません！　あなた達の目論見《もくろみ》は、すべてわかっているのですよ！　精霊が教えてくれましたからね!!』

……あぁ、精霊の存在をすっかり忘れていました。おそらく、コソコソと行動する私達はバッチリ見られていたのでしょう。

私が頭を抱えていると、ランスロット様が口を開いた。

「この方が、精霊の姫巫女なのか」

あ、そうでした。ランスロット様に説明を……って、あれ？

私も姫巫女様も、古神語《こしんご》を使っていましたよね？　それなのに、どうして――

「あ、あの、ランスロット様――もしかして古神語《こしんご》がわかるのですか？」

「うん？　ああ、言っていなかったか？」

ええーー、聞いていないです！

だって、古神語《こしんご》は教会以外でほとんど使われません。貴族のご子息やご令嬢も、よほどのことがない限りは詳しく学ばないみたいなのに……

ランスロット様、底が知れません。

私が驚いていると、姫巫女様が鋭い声を上げた。

『……聞いているの⁉　早くその扉から離れて、部屋に戻りなさい！』

そ、そうでした。こんな状況なのに、意識を逸《そ》らしてしまうなんて……

私は姫巫女様に向き直り、頭を下げた。

『姫巫女様、お願いです。私達を行かせてください！　私、皆を救える道を見つけたかもしれないんです。私には、瘴《しょう》……いえ、例の病《やまい》を治す力があるみたいで……礼拝の間でその力を使えば、きっと――』

『黙りなさい！』

姫巫女様は私の言葉を遮《さえぎ》り、冷たい笑みを浮かべた。

『つまり、アレを使って病《やまい》を治すというのですね。それこそ……なお悪い！　そんなことは、決してさせない！　再び世界の均衡《きんこう》が崩れ、世界が崩壊してしまう‼』

険しい表情で、私を睨《にら》みつける姫巫女様。

……世界の、均衡《きんこう》？

そういえば以前、教皇様にも言われました。さらに今回は、世界の崩壊という物騒なワードも聞こえてきましたが……

一体、どういう意味なんだろう？

首を傾《かし》げる私に、姫巫女様は興奮した様子で言い募《つの》る。

『そんなことになれば……私は……私は……!! リリアナ、なぜあなたはそう私の邪魔をするの!? 私は、あなたのために自分の身体を譲ったというのに、どうして……!?』

その言葉に、私は息を呑む。姫巫女様は、自分の身体を私に譲った……？ それは、一体――

『あの、姫巫女様。それはどういうことなんでしょうか？ 私にはよく意味が――』

『どうして、どうして、あなたばかりが守られる!? ……無知で、向こう見ずで、人の邪魔ばかり……。いいえ、わかっている……本当は、なぜ皆があなたを助けるのか、わかっているわ。だからこそ、私もかつて、あなたを助けた！』

えっ！ 私――姫巫女様に助けられたことがあったの？

……どうしよう、その記憶が全然ないよ。

『ひ、姫巫女様――私はこの大神殿へ来るまで、姫巫女様にお会いしたことはありませんでした。その……今、お話しされていたのは、いつの出来事なのでしょう？』

思わず尋ねると、姫巫女様はくしゃりと顔を歪《ゆが》ませて笑った。

『あんな大事件を忘れたというの？　――あの頃、私とあなたは、切り離されてまだ十年も経っていなかったわ。だから、私にはあなたのことがよく見えていた。ねぇ、あなたは幼い頃、誘拐されたことがあったでしょう？　そのとき、無意識に魔法を使って城を崩壊させてしまったじゃない。覚えていないの？　うまく魔法を使えるよう、私が助言してあげて助かったのに！』

――確かに私は九歳の頃、旧領主城に誘拐されました。そして窮地《きゅうち》に陥《おちい》ったとき、恐怖から大声で叫ぶと城が崩れてしまって……

あぁ、そうでした！　あのとき、確かに優しそうな声が聞こえました!!

(大丈夫。ほら、想像して。あなたには魔法があるじゃない)

もしかして、あれは姫巫女様だったというの!?

でも、姫巫女様は私の一つ年下だから……当時は八歳ですよね？

『あの、姫巫女様……疑いたくはないのですが、あの事件が起こったのは私が九歳のとき……姫巫女様は八歳のときで――』

『だから、何？　八歳の子供に、そんなことはできないとでも言いたいの？　言っておくけど、それは今の姫巫女の肉体年齢に過ぎないわ！　だって私の精神年齢は、もっと上だもの！　それくらい、できるわよ!!』

肉体年齢は八歳だけど、精神年齢はもっと上……それは、もしかして――

『姫巫女様には、前世の記憶があるのですか？』

そういえば、かつてお父様が言っていました。教会には、輪廻転生《りんねてんせい》を繰り返し、すべての生の記憶を保持している人物がいるって。

『……輪廻転生《りんねてんせい》を繰り返しているというのは、姫巫女様だったのですね』

『そうよ。……私の本当の名前はアルディーナ。もっとも、忘れ去られた名前だけれどね』

『なっ！』

驚愕《きょうがく》の事実に、私は言葉をなくす。

まさか姫巫女様が輪廻転生《りんねてんせい》を繰り返していただけじゃなく、美と愛と豊穣《ほうじょう》の女神様の娘アルディーナ様だったなんて――

驚きに立ち尽くしていると、ランスロット様が困惑した表情で問いかけてくる。

「リリアナ嬢、一体、姫巫女は何を言っているんだ？　古神語《こしんご》はわかるが、話の内容を理解できない」

――ランスロット様の反応は、もっともです。前世だとか輪廻転生《りんねてんせい》だとか、この世界にはない概念だもの。

それに私も、前世の記憶があることをランスロット様に話していないから。

「……ランスロット様。すべてが終わったら、きちんと話します。ですから、この場では話を流していただけると嬉しいです」

すると、ランスロット様はしぶしぶ頷《うなず》いてくれた。

一方の姫巫女様は、顔を歪《ゆが》めて叫ぶ。

『真面目な話をしているというのに、なんですか、コソコソと仲睦《なかむつ》まじく！　……やっぱり、あなたになんか会いたくはなかった。だからあなたを聖女にしたいという声を、ずっと握りつぶしてきたのに――』

――私に会いたくなかった？　聖女にしたくなかった？

どういう意味でしょうか？

その時、私はふと思い出す。かつて、こんな話を聞いたことがある。

もともとセイルレーン教会は、私をまつりあげて利用したいと考えていた。けれど教会の中枢の一人――姫巫女様がそれを止めていたと。

『あ、あの……姫巫女様は、私を聖域に来させたくなかったのですか？』

『そうよ！　会いたくなかったんだもの！　それなのに、あなたが余計なことばかりするせいで、聖女にせざるをえなくなった！　私は……私は、あなたのために、あの方と再会する機会を失ったのに……私だって、本当は本来の身体に生まれたかった！　そうすれば、私の願いは叶っていたはずよ！』

姫巫女様の怒りは、怖いほどこちらに伝わってくる。

気がつくと、怒りの表情を浮かべた精霊達が私を見つめていた。外では雷が鳴り響き、どこからともなく突風が吹いてくる。びりびりと震える空気に、私は身を震わせた。

「ランスロット様、大変です。……姫巫女様は精霊の力を使って、私達を止めようとしています」

「……なるほど。それで、空気が変わったのか。これほど恐ろしい空気は、はじめてだな。しかし、案ずることはない」

「えっ？」

私が首を傾《かし》げると、ランスロット様はニヤリと笑った。

「言っただろう？　無事、礼拝の間へ送り届けると。ここは、俺が引き受けよう。だからリリアナ嬢は、この扉の先へ――」

私は、ハッと息を呑む。

確かに、ランスロット様の言う通りです。私は、この先に進まなくちゃいけない。けれど、彼をこんなに恐ろしい空気の中、置いていくのは――

戸惑う私に、ランスロット様は声を張り上げる。

「行け！　リリアナ嬢、奇跡を起こすんだ!!」

「……っ！」

私は、弾かれたように顔を上げた。そして扉にはめられた魔石《ませき》に向かって、手を伸ばす。紫水晶《アメジスト》色の魔石《ませき》に手をかざせば、扉はゆっくりと開いていく。

『そうはさせません！　精霊達よ、リリアナの行く手を阻《はば》みなさい!!』

姫巫女様が詠唱《えいしょう》すると、私の周りに炎が出現する。

「嘘っ⁉」

けれど、ランスロット様がすかさず詠唱《えいしょう》した。

「行く手を塞《ふさ》ぐ炎よ、消え去れ！」

その瞬間、私を取り囲んでいた炎はジュワッと音を立てて消えた。

『……いくらお兄様の国の子といえども、私の邪魔をするのは許さない！』

私は思わず振り返る。すると、姫巫女様がランスロット様に向かって、攻撃を仕掛けようとしていた。

「リリアナ嬢、振り返るな！　早く行くんだ‼」

ランスロット様……どうか、ご無事で……

ぐっと唇を噛みしめて、私は扉の中に飛び込む。そして水鏡を目指し、全力で駆けたのだった。


「はぁ、はぁ、はぁ……」

礼拝の間を進むと、人影が目に入った。あれは……誰？

薄暗い中、私は目を凝《こ》らす。その人物は、床に向かって手を差し出して詠唱《えいしょう》した。

「水鏡よ、姿を現せ」

すると、教皇様が聖笏《せいしゃく》を打ちつけたときのように床が動き出し、大きな正円の穴が出現する。

あの声は――

「カロリーナさん？」

思わず呟《つぶや》くと、前方にいた人物がハッと顔を上げた。

やっぱり、カロリーナさんです。でも、どうしてここに？

「……カロリーナさん、なぜ礼拝の間に？　それに、どうやって入ったのですか？」

そう尋ねると、カロリーナさんはにっこりと笑みを浮かべる。

「……姫巫女様に入れてもらったんです。先ほど、聖女リリアナ様にもお話ししたことを姫巫女様にご説明したら、協力してくれるとおっしゃって――リリアナ様が水鏡をすぐ使えるように、準備を任されたんですわ」

「なっ、そんなこと、ありえません！　姫巫女様はつい今しがた、私を止めようとなさっていたのに――」

すると、カロリーナさんは眉間に眉を寄せた。

「……思ったより早く来るんだもの。失敗したわ――きちんと過去を確認しておくんだった」

――過去を確認？　カロリーナさんは、何を言っているの？

「私がどうやってこの部屋に入ったか、聞いたわよね？　簡単よ。だって私は神の血を引いているもの――太陽の男神様の力をね」

「えっ⁉」

まさか、まさかカロリーナさんは……

驚愕《きょうがく》する私の前で、彼女は詠唱《えいしょう》をはじめる。

「真実の姿に！」

すると、髪と瞳の色だけでなく、顔立ちや服装まで変わっていく。

「……シンシアさん！」

「お久しぶりね、リリアナさん。とはいえ、私はカロリーナに扮《ふん》して毎日あなたに会っていたけど」

まさかとは思いましたが、本当にシンシアさんだなんて……

プリシラさんを守るため、エルフィリア王国で自《みずか》ら災厄《さいやく》を起こしたシンシアさん。その後、逃亡して姿を消したんです。

けれど、私は何度か彼女と遭遇《そうぐう》しています。

まずは、保養地サーシャリアで、家族が誘拐されたとき。顔をはっきり見たわけではないけれど、犯人一味の一人に、シンシアさんらしき人がいました。

そして次は、シェルフィールド王国の王太子殿下が花嫁を決める宴《うたげ》に参加したとき。シンシアさんは新進気鋭《しんしんきえい》の図案師《デザイナー》アナさんとして、その宴《うたげ》に来ていたんです。

……まさか、こうして再びお会いすることになるなんて。

「ふふ、驚いて声も出ない？　私の変装は完璧だったみたいね」

シンシアさんはそう言って、艶《つや》やかに笑う。

「い、いつから……カロリーナさんに……」

「そんなの、最初からよ。あぁ、安心して。本物のカロリーナは丁重に保護しているから。それにしても、聖女リリアナ様至上主義な彼女を真似るのは大変だったわ」

……性格まで真似ていたんですね。

まぁ、確かにシンシアさんだったら絶対に言わないようなこともたくさん口にしていましたし。

シンシアさん……すごい演技力ですね。

思わず場違いな感想を抱きつつ、私はシンシアさんに問いかける。

「……どうして、カロリーナさんに扮《ふん》して私に近づいたんですか？」

「私ね、あなたの絶望した顔を見たかったの。それなのに、あなたはちっとも絶望しない。家族を誘拐されたときも、アナに自分の功績を奪われたときも――」

……そんなふうに考えていたんですね。

でも、これで合点《がてん》がいきました。アナさんの正体がシンシアさんだと気づいたとき、不思議だったんですよね。なぜ私の考えた図案《デザイン》やアイデアを取り入れて、商品を作っているんだろうって。シンシアさんは、別に商人を目指していたわけでもありませんし。そもそも私には大した功績がないので、そんなことをしても仕方ないのに。

「――でも、家族と離れて聖域に閉じ込められるって聞いたから、それなら絶望して泣き暮らすだろうって思ってたのに、あなたはどこでも好かれるようね。聖女様、聖女様って慕《した》われて、挙《あ》げ句《く》の果てには王子様まで迎えに来て――」

お、王子様!?

確かにランスロット様は……私の中では王子様みたいなものですが……

そんなことまで知っているなんて、恥ずかしいです！

思わず顔を熱くしていると、シンシアさんが鋭い眼差《まなざ》しをこちらに向けた。

「ちょっと、聞いているの？　……とにかく、あなたの言葉はいろんな人を巻き込んでいく。知ってる？　大司教様は教皇様に隠れて、ゲオニクス王国に救援物資を送っているのよ」

その言葉に、私は目を見開く。

「大司教様が!?　どうして……」

「あなたの言葉に突き動かされたからでしょう？　大司教様が動いたことで、他の神官も動きはじめた。王子様だって、養護院の少年の話を聞いて、ゲオニクス王国への支援を手配してる」

知りませんでした……

私の言葉で、さまざまな人達がゲオニクス王国を支援しはじめているなんて――

嬉しさのあまり、目に涙が浮かんでくる。

「……あなたは本当に『イイ子』なのね、リリアナさん。いろんな人を助けて慕《した》われて……。ねぇ、どうして？　どうしてあなたばかりが光の中を歩いているの？　私は、プリシラとの仲を引き裂かれて、孤独に生きているのに……」

シンシアさんは、眉根に深い皺《しわ》を寄せて俯《うつむ》く。

何も言葉を返せず、彼女から目を逸《そ》らしたとき、床に空いた穴から水鏡が見えた。

あれ、カロリーナさんの正体がシンシアさんだったということは、もしかして――

「あの、シンシアさん。先ほどおっしゃっていたお話――最後の災厄《さいやく》である瘴気《しょうき》を止めれば、その先に希望があるかもしれないというお話は――」

「あんなの、嘘に決まっているじゃない。さすがに信じないかと思ったけど、あなたの部屋を出たあと、過去を視《み》る力で様子を探っていたら、本当に信じているんだもの。驚いたわ」

「なっ……どうして、そんな嘘を――」

「言ったでしょう？　あなたの絶望する顔が見たいって。思い知ればいいと思ったのよ。瘴気《しょうき》の患者をいくら救っても、救い切れない。あなたが救えば救った分だけ、他の犠牲者が出る。そのことに絶望して、傷ついてほしかったの」

シンシアさんの言葉に、私はショックを受けた。そんな――

じゃあ、やっぱり負の連鎖を断ち切る術《すべ》はないというの？

希望は……ないの？

そのとき、背後から慌ただしい足音が聞こえてきた。

『神聖なる礼拝の間で、何をしているのです!?　ただちにこの場から立ち去りなさい!!』

ハッと振り向くと、そこには怒りを露《あら》わにした教皇様と、姫巫女様の姿があった。

姫巫女様がここにいるということは――ランスロット様は⁉

サァッと血の気が引いていく。

そんな中、シンシアさんが何やらぶつぶつ呟《つぶや》いて、宙に浮かび上がった。そうだ、シンシアさんは空飛ぶ魔法を使えるんだった！　このままだと、また逃げられてしまう！

けれど、すぐさま姫巫女様の声が響いた。

『精霊達よ、逃亡を阻《はば》め！』

次の瞬間、シンシアさんめがけて精霊達が攻撃を繰り出した。ピリピリと空気が震え、強風が巻き起こる。

するとシンシアさんはバランスを崩し、落下した。そこにもまた、空気の塊《かたまり》がぶつけられる。

たたらを踏んだシンシアさんを見て、私は思わず駆け出した。

あのままじゃ、水鏡の穴に落ちちゃう！

シンシアさんの手を思いっきり引いて穴から遠ざけた私だけど、代わりに風の直撃を受けてしまう。

「きゃあっ⁉」

私はシンシアさんの身体を遠くへ押して、そのままバランスを崩した。そして――

バシャーン‼

気づいたときには、水鏡の中に沈んでいた。身に纏《まと》っていた服が水を吸い、下へ下へと落ちて

いく。

上から見ていたとき、水の張られた杯《さかずき》はさほど深くはなさそうだったのに……まるで、何かに吸い寄せられているみたい。

そういえば礼拝のときにこの水鏡を目にすると、誰かに呼ばれているような気がした。今も、その感覚がどんどん強くなっていく。

どこまで落ちていくんだろうと思った瞬間、頭の中に声が響いた。

(ようやくミつけた。ワがハンシンよ……)

それは、若い男性の声だった。しかも……日本語⁉

驚いた瞬間、自分が水の中にいるのだと改めて実感した。口と鼻からゴボゴボと空気が漏《も》れ、急に苦しくなってくる。慌てて身体をばたつかせると、誰かに腕を掴まれ、上に引き上げられた。

やがて水面《みなも》に顔が出て、私は激しく咳き込む。

「ゲホッ、ゲホッ……ゴホッ」

杯《さかずき》から引っ張り出された私は、呼吸を整えつつ顔を上げた。そこにいたのは——

「ラ、ランスロット様！　ご無事だったんですか⁉」

私の言葉に、ランスロット様は苦笑いを浮かべる。

「ああ。すまない、あのあと教皇も現れて……結局、二人を足止めすることができなかった。教皇が姫巫女に何かを呟《つぶや》くと、二人は俺のことを置いて走りはじめた。俺もすぐにあとを追ってきたんだが――それより、リリアナ嬢は大丈夫なのか？」

「は、はい。私は――」

そのとき、頭上から鋭い叫び声が響いた。

『聖女リリアナ！　なんてことをしてくれたの⁉』

上を向くと、真っ青になった教皇様と姫巫女様がこちらを覗《のぞ》き込んでいる。

……そうですよね。聖遺物である水鏡に落ちるなんて、神様に対してかなり無礼ですよね。

大丈夫かな？　水鏡の力が薄れたりしてないかな？

不安に思っていると、身体がふわりと浮いた。

え、どういうこと⁉

ランスロット様の身体も一緒に浮かび上がっていて、二人一緒に上昇していく。

あたりを見回すと、何人かの精霊の姿が視《み》えた。そっか、姫巫女様の力ですね。

やがて教皇様達のすぐ傍まで上昇すると、ゆっくり地面に下ろされた。近くには、精霊達に拘束されたシンシアさんもいる。

教皇様は、聖笏《せいしゃく》を打ちつけて水鏡の穴を閉じる。そしてこちらに向き直ったのだけれど――先に口を開いたのは、シンシアさんだった。

「……どうして？　どうして私を助けたの⁉」

いや、どうしてって言われても……

「その、気づいたら身体が動いていて――」

そう答えると、シンシアさんはくしゃっと顔を歪《ゆが》ませた。

「一体、なんなのよ。……もう、いいわ。もう、疲れた。こんな世界で、一人生きていても意味がないもの……」

ポツリと呟《つぶや》いたシンシアさんに、私は慌てて駆け寄る。

「なっ、そんなことを言わないでください！　プリシラさんが悲しみます！」

すると、シンシアさんは首を横に振る。

「……悲しむはずないでしょ。私のせいで捕らえられたのよ？　それに、どうせプリシラだって、あなたのほうが好きなのよ」

「そ、そんなことありません！　だってプリシラさんは――」

慌てて否定するけれど、シンシアさんには届かない。

「いいえ！　私、過去を視《み》たもの！　この聖域でもあなた達は顔を合わせて、仲良く内緒話をしてたでしょう！」

シンシアさんはそう叫んで、今にも泣き出しそうな様子で俯《うつむ》く。

そっか……シンシアさんは勘違いしていたんですね。

「違うんです！　――あのとき、私はプリシラさんに尋ねようとしていました。自由を奪われて生きていくことは辛くないのか、シンシアさんを恨んでいないのかって」

私の言葉に、シンシアさんは身体を震わせる。

プリシラさん、ごめんなさい。二人だけの秘密にするつもりだったのですが――

ううん。きっと、プリシラさんにはこの未来さえも視《み》えていたんだよね。

だからこそ、私にこっそり話してくれたんだと思います。

「――すると、プリシラさんはこう言いました。今も昔も変わらず、シンシアさんのことが一番好きだから、またいつか一緒に笑い合いたいって」

次の瞬間、シンシアさんの瞳から涙が溢《あふ》れた。

ただ静かに涙を流すシンシアさんに、教皇様が声をかけた。

『……プリシラ・イリスの姉――シンシア・イリスですね。あなたには、自身の罪をこの地で償《つぐな》ってもらいます。いいですね？』

古神語《こしんご》だったけれど、ちゃんと意味は伝わっているみたい。シンシアさんは、涙に濡《ぬ》れた目を伏せて頷《うなず》いた。

エルフィリア王国の王都に火を放ち、多くの命を奪った罪。

今まではプリシラさんが代わりに償《つぐな》っていましたが、これからはシンシアさんが自《みずか》ら償《つぐな》っていくことになるのでしょう。

教皇様は、シンシアさんに向けていた目をこちらに向ける。

『聖女リリアナ……あなたは、本当に邪魔ばかりをする』

うっ……反論したいけれど、何も言えません。シンシアさんの言葉に乗せられて、瘴気《しょうき》を食い止めようとしていましたし、水鏡にも落ちちゃいましたし。

『……けれど、あなたはそうやって人と関わって、人を変えていくのね。――絶対にありえないけれど、あなたならあるいは……』

『え？』

教皇様の言葉の意味がわからず、私は首を傾《かし》げる。

『……いいえ、なんでもありません。聖女リリアナ、こたびの騒動、あなたにも罰がくだるでしょう。心しておきなさい』

ぴしゃりと言われて、私は身体を震わせる。

教皇様は、姫巫女様といくつか言葉を交わし、この場を去ろうとする。その背中に、私は声をかけた。

『あ、あの……教皇様！』

『……何かしら？』

『先日は、教皇様のお部屋で……その、出過ぎたことを申し上げてしまい、すみませんでした』

私は深く頭を下げる。やがてしばらくすると、教皇様がぽつりと呟《つぶや》いた。

『……いつか「運命」が変わり、私が許される日が来たら、あの方にもう一度お会いしたいわ。もっとも、そんな日が来るかどうかはわからないけれど』

教皇様の言葉に、私は目を見開く。

『来ます！　絶対に……それに、教皇様は誰にも恨まれてなんかいません！　いつか……いつかきっと、レオーネさんにお会いしてください！　きっと喜ばれますから！』

教皇様は、何も言わずに去っていった。

その後、シンシアさんは警護の皆さんに連行され、私も部屋に連れていかれました。ランスロット様のことが心配でしたが、お咎《とが》めなしで大神殿を出られたみたい。

――その日の夜、聖域に二つの噂が飛び交ったそうです。

一つ目は、エルフィリア王国の王都に炎を放った大罪人シンシア・イリスが捕まり、聖域に投獄されたという噂。

そして二つ目は――その大罪人シンシアさえも救おうとして、聖女リリアナが事故により命を落としたという噂。

もちろん、私がそのことを知るのはしばらくあとのことだったけれど。


「――ねぇ、聖女リリアナは死んだことになってるのに、なんで姉ちゃんは生きてるんだ？」

「本当よ！　亡くなったって聞いたあと、すぐ養護院にやってくるんだもの。ビックリしちゃった!!」

ブラッドとケイティは、訝《いぶか》しげな表情で私に尋ねてくる。

「……私だって、びっくりしましたよ」

礼拝の間での騒動があった翌日、私の部屋に教皇様がやってきてこう言いました。

『聖女リリアナ、一刻も早く聖域を立ち去りなさい。これ以上、あなたに騒動を起こされては困ります。……帰還後、あなたの家族を聖域に呼ぶことはありませんし、何かを要求することもありません。ですから、シェルフィールド王国のリリアナ・ラ・オリヴィリア嬢に戻りなさい』

教皇様はそれだけ言うと黙り込み、私が何を尋ねても答えてくれなかった。

そしてその日のうちに養護院に連れていかれて、シェルフィールド王国への帰還準備が整うまでの間、隠れて過ごすことになったんです。

聖女は、一生を聖域で過ごす。例外はありません。

だからこそ、教皇様は私を聖域から追い出すため、死んだことにしたのでしょう。

この地に来てからというもの、確かに聖女リリアナとしての扱いは受けましたが、シェルフィールド王国のオリヴィリア家出身だという話は出していません。

他国にも、新たな聖女が誕生したと喧伝《けんでん》していませんし、普通に帰って問題はないみたい。

それから数日が過ぎ、早くも帰還の日がやってきました。

……教皇様、よほど早く私を追い出したかったんだね。

「お転婆姫《てんばひめ》、別れの挨拶《あいさつ》は済んだかい？」

私を急《せ》かすのは、シドさんです。

ランスロット様と一緒に帰還するんだけど、シェルフィールド王国までシドさんが送ってくれるみたい。

「シドさん、全然終わっていませんよ」

唇を尖らせて言うと、シドさんは「早くしてくれよ」と口にしつつ、ブラッドに向き直った。

「それにしても、坊主がここに残るとは思ってなかった。てっきりお転婆姫《てんばひめ》と一緒に行くとか言い出すと思って、坊主の旅装も準備してたんだけどな」

……そうなんです。シェルフィールド王国へ帰還するにあたり、私もブラッドに聞いてみました。一緒に来ないかと。

でも、断られてしまったんだよね。

ブラッドは少しばつの悪そうな顔をして、私を見上げる。

「……ごめんな、姉ちゃん。俺だって、姉ちゃんと一緒に行きたいって気持ちはあるんだ。だけど……養護院のことも放っとけないんだよな」

ブラッドの言葉に、ケイティが嬉しそうにはにかむ。

はじめて会ったときと違って、幸せそうなブラッド。

少し寂《さび》しいけれど、これは悲しい別れなんかじゃないよね。

「ブラッド、幸せになるんですよ。お手紙も書きますね。遠く離れていても、いつでも心は一緒にいます」

「おう。……俺、姉ちゃんに充分幸せにしてもらったよ。だから姉ちゃんみたいに、ここで誰かを幸せにできるよう努力してみる。勉強だってして、姉ちゃんの手紙もきちんと読めるようになるよ。……じゃあな、姉ちゃん」

ブラッドは拳《こぶし》を強く握りしめ、肩を震わせている。その瞳には涙が浮かんでいて、今にもこぼれ落ちそう。

我慢しなくてもいいのにね。

そのとき、スカートをクイクイと引っ張られた。

下を向くと、ケイティがこちらをじっと見ている。

「どうしたの、ケイティ？」

屈《かが》み込んで視線を合わせれば、ケイティは私の耳に両手を添えて、小さく囁《ささや》いた。

「ねぇ、これは好機よ。帰る途中、ランスロット様に好きって気持ちをちゃんと伝えるのよ」

ケイティの言葉に、身体がカッと熱くなる。

「なっ、なっ、なんてことを言うんですか、ケイティ！」

ニヤリと笑うケイティを見て、私はため息をついた。

もう、これじゃあどちらが年上かわかりません。

「……わかりました、ケイティ。私、頑張ってみますね」

「結果はきちんと教えてね、聖女様！」

私とケイティは女同士の約束をして、手を振りながら別れる。

それからシドさんとともに、馬車の停まっている場所に向かった。船着き場までは馬車を使い、その後はしばしの船旅です。——とそのとき、彼が懐《ふところ》から何かを取り出した。

「お転婆姫《てんばひめ》、エミリア……いや、教皇様から手紙を預かってきている」

「手紙……ですか？」

……古神語《こしんご》だったらどうしよう。

私はシドさんから手紙を受け取り、さっそく封を開ける。

予想に反して手紙は共通言語で書かれており、とても綺麗な文字が並んでいた。


聖女リリアナ、わたくしはずっと過去に囚《とら》われて生きてきました。

今もなお、あなたの行動は許せないし、許したくないと思っています。

それでも、心のどこかで願ってしまうのです——『死の運命』の連鎖が終わることを。

あなたは、その可能性を私に見せてくれました。

だからこそ、あなたには自由に生きていてほしい。

セイルレーン教会が求めるものではなかったにせよ、あなたは……まさに聖女でありました。

これからあなたの通る道がかげることなく、常に光で照らされ続けますように——

その手紙に、胸が熱くなる。

私はもう一度読み返そうとしたのだけれど……

次の瞬間、手紙にパッと炎がつく。不思議な冷たい炎は、そのまま手紙を燃やしてしまった。

「読み終えると、燃えて消える魔法だな。なんだ？　そんなにマズイ内容が書かれていたのか、お転婆姫《てんばひめ》？」

不思議そうな表情を浮かべるシドさんに、私はにっこり笑って返す。

「うふふ、なんでもありません！」

「……また、それか」

シドさんは、呆れたようなため息を漏《も》らす。

そうこうしているうちに、私達は馬車の前までやってきた。

シドさんが馬車を操縦してくれるらしく、御者台《ぎょしゃだい》に腰をかける。

私も乗り込もうとすると、先に扉が開いてランスロット様が降りてきた。

ランスロット様はわざわざ私に手を差し出して、エスコートしてくれる。

うっ……そういえば、これから馬車の中でランスロット様と二人きりになるんですよね。

急に意識してしまい、私は頬を熱くしながら俯《うつむ》いた。

「おい、お転婆姫《てんばひめ》。いつまで突っ立っているんだ。早く乗ってくれ」

……もう、シドさん。

私はランスロット様の手をそろそろと取り、馬車の中に乗り込む。続いてランスロット様も私の向かいの席に座った。

うぅー、近い！　近いです!!

やがて馬車はゆっくりと動き出す。

マズイ……心の中での大混乱が伝わっちゃいそうです。

私が俯《うつむ》いていると、ランスロット様が話しかけてきた。

「リリアナ嬢……以前、聞いてほしい話があると言っただろう？　覚えているかな？」

「えっ、あ、はい！」

どうしよう。声が裏返っちゃったよ。

「……あのとき、リリアナ嬢を救ったご褒美《ほうび》として俺の話を聞いてほしいと言ったんだが――結局、俺は何もできなかったな」

苦笑するランスロット様に、私は慌てて言い募《つの》る。

「い、いえ！　そんなことありません。たくさん、助けていただきました！　私――ランスロット様のお話を聞きたいです！」

「……本当か？」

「はい！　そ……それに、私もランスロット様にお話ししたいことがあるんです！　姫巫女様と対決した際、あとで説明すると言っていたことがありますよね？　こちらのお話の前に、その……個人的な話になってしまうのですが――」

どうしよう。言いたいことがまとまらない。

けれど、ランスロット様は優しげに笑ってくれた。

「もちろん。シェルフィールド王国までは長旅だ。時間はたくさんあるのだから、ぜひ聞かせてほしい」

私は深呼吸し、意を決して口を開く。

「ありがとうございます！　あ、あの、突然でびっくりされるかもしれませんが……ランスロット様は輪廻転生《りんねてんせい》をご存知ですか？」

「輪廻転生《りんねてんせい》？」

ランスロット様は訝《いぶか》しげな表情で首を傾《かし》げる。うん、やっぱり知らないよね。

「――セイルレーン教会では、人は死ぬと地の国か天の国へ行くと教えられますよね。悪いことをした者は地の国へ、よきことをした者は天の国へ――。ですが、この教えとはまったく違う道もあるんです」

「……まったく違う道？」

「死後、新たなる生へと続く道です。それが繰り返されることを輪廻転生《りんねてんせい》と言います。そして私には……リリアナ・ラ・オリヴィリアとして生まれてくる前の――前世の記憶があるのです」

「……っ⁉」

ランスロット様は目を大きく見開き、息を呑んだ。

「そして前世の私は、このセイルレーンではなく、別の世界で暮らしていました。地球と呼ばれる星の、日本という国で生まれたんです」

……どうしよう、さすがに引かれちゃったかな？

そんな話、普通は信じられないもの。

でも――ランスロット様に信じてもらえないのは辛いです。

膝の上で手を握りしめ、目をギュッと瞑《つぶ》ると――

きつく握りしめた拳《こぶし》が、ふわりと優しい熱に包まれた。

「そんなことが……ありえるのか？　いや、しかし……リリアナ嬢のこれまでの功績を考えれば、逆に納得がいく。別の世界の知識を有していたからこそ、あれほどさまざまなものを生み出してきたのか……」

私は驚いて目を開けた。私の手が、ランスロット様の大きな手に包まれている。

パッと顔を上げると、彼はどこか納得した様子でこちらを見つめていた。

「あの、ランスロット様は信じてくださるのですか？　嘘だとは……思わないのですか？」

信じられない気持ちで、ランスロット様に問いかける。

「リリアナ嬢は嘘をつくような人間じゃないからな。そもそも、そんな嘘をつく必要性などないだろう？」

「……信じてくださって、ありがとうございます。ただ、実はまだ隠していることがあるんです」

そう告げると、ランスロット様は再び目を見開く。

「まだあるのか、リリアナ嬢？」

「はい……」

私はランスロット様の手をそっとどけて、そろそろと腕を上げる。そして自分の顔を覆《おお》い――幻《げん》影《えい》の仮面を外した。

胸元に垂れた白金《プラチナ》色の髪は、たちまち銀髪へと変わる。おそらく瞳も、淡紅《たんこう》色から紫水晶《アメジスト》色に変化しているでしょう。

「これが、私の本来の姿。これまでは髪と瞳の色を偽《いつわ》っていたんです」

馬車の中に、沈黙が落ちる。

おそるおそるランスロット様のほうをうかがうと、彼はポツリと呟《つぶや》いた。

「……相変わらず美しいな。まるで、女神のようだ」

「え？　相変わらず？」

ランスロット様の反応に、私は首を傾《かし》げる。

「……リリアナ嬢がまだ幼い頃に会ったことがあるからな」

そのとき、馬車が大きく揺れてガタンガタンと音が響いた。

うぅ……ランスロット様の声がちゃんと聞こえませんでした。

「あの、ランスロット様。申し訳ありませんが、もう一度おっしゃっていただけますか？」

「いや……なんでもない。それより、リリアナ嬢。俺にこんなことを言う権利はそもそもないのだが――髪と瞳の色を隠していたことなど、大した問題ではない。だから、気にすることはない。リリアナ嬢の容姿は稀有《けう》なものだ。隠す必要もあっただろう」

ランスロット様は、困ったような表情で頬を掻《か》く。

「ランスロット様、ありがとうございます」

前世の話もしたし、本当の容姿も見せたし、あとは――

最後の話。ケイティにも応援されたし、頑張って思いを伝えたいです。

でも……告白なんて、前世を入れて一度もしたことがありません。

恥ずかしすぎて、顔から火が出そう……

……ただ、そんなことを言っていては、いつまで経っても告白なんてできないですよね。

躊躇《ちゅうちょ》している間に、ランスロット様が他のご令嬢と結婚してしまったら……

そんなの、絶対に嫌です！

私は何度も深呼吸をして、緊張しながら口を開いた。

「ランスロット様……最後に、もう一つお話があるんです」

「なんだい？」

「あ、あの……」

けれど、言おうと思っていた言葉はなかなか口から出てこない。

好きですと一言伝えるだけでいいのに、緊張と羞恥《しゅうち》でうまく喋《しゃべ》れません。

うぅ、恥ずかしいし、断られるのも怖いし……告白するのって、こんなに勇気のいることなんですね。

でも……ケイティとも約束しましたし、頑張らないと。

当たって砕けろ！　の勢いですよね!!

私は最後にもう一度だけ深呼吸し、改めて口を開いた。そして――

「ランスロット様！　私と結婚してください!!」

次の瞬間、頭が真っ白になる。

あれ？　私……今……なんて言った？

結婚してくださいって言わなかった？

…………っ！

しっ、失敗しました！

好きですって言うつもりだったのに、ケイティとの約束を思い出したら……

だって、ケイティはいつもブラッドに結婚してって迫ってるじゃない？

ど、どうしよう……

告白もしていないのにプロポーズなんて、重すぎるし、なんだか怖いよね、普通。

ランスロット様、絶対ドン引きしてるよ！

「ち、違います！　間違えました！　ランスロット様、今の記憶は抹消《まっしょう》してください!!」

力強くそう言うと、ランスロット様は悲しそうな顔をした。

えっ？　どうして？

「リリアナ嬢は……俺のことをからかっているのか？」

「えっ？」

予想もしていなかった言葉に、私はぽかんと口を開く。

……でも、考えてみたら、ランスロット様の言う通りかも。

結婚してくださいと言った直後に、間違えたなんて、失礼だよね。

「あの、違うんです、ランスロット様！　私、緊張のあまり、言い間違えちゃって……。決して、からかっているわけじゃないんです！　むしろ、その反対で……」

私はしどろもどろになりながら弁解する。

「その反対……。つまり……俺は期待してもいいのか？」

え？　期待？

混乱する私に、ランスロット様はニヤリと笑う。

「リリアナ嬢、俺も話があると言っただろう？　その話をしたいんだが、いいかな？」

「はい……」

これは……告白を流されちゃったってことでしょうか？

戸惑いつつも頷《うなず》くと、ランスロット様が話しはじめる。

「――俺も、偽《いつわ》っていたことがある。俺の本来の姿を見てほしい」

ランスロット様の、本来の姿？

意味がわからず彼を見つめていると、ぶつぶつと何か詠唱《えいしょう》した。

その瞬間、ランスロット様の姿がみるみる変わっていく。

漆黒の髪は煌《きら》めく黄金《おうごん》色に、黒にも見える濃い茶色の瞳は青空のような色に、平坦な顔立ちは彫りの深い顔立ちに――

えっと……この容姿は……まさか、ご本人じゃないですよね？

「リリアナ嬢、申し訳ない。俺の本当の名前は、クラウディウス・ル・ディオン・シェルフィールド。ランスロットは、俺の仮初《かりそめ》の姿なんだ」

ランスロット様がクラウディウス王太子様で、クラウディウス王太子様がランスロット様……？

「え、えぇーーーーー!?」

思わず大声を上げてしまった私。すると御者《ぎょしゃ》を務めるシドさんも、馬車台の窓越しに心配そうに叫んだ。

「おい、お転婆姫《てんばひめ》、どうした！　何かあったのか!?」

「なっ、なんでもないです！」

いえ、本当は大変なことが起こったわけですが、シドさんにバレてはマズイです。

おたおたする私に、ランスロット様が申し訳ないと謝罪した。

「驚かせてしまって、すまない。ただ、この姿だと一人で外を歩くのも一苦労でな。それで、仮初《かりそめ》の姿を取っていたんだ」

そ、そうですよね。

シェルフィールド王国の王太子様が、一人で気軽にお出かけなんてできませんよね。

そこで、ランスロット様として自由に行動してたわけで……

うぅ、事情はわかったけれど、やっぱりまだ混乱しています。

ランスロット様……いいえ、王太子様をちらりとうかがうと、不安そうな表情を浮かべていた。

「……リリアナ嬢、私を許すことはできないだろうか？」

「そんな……許すも何も……私は王太子殿下を責めているわけではないんです！　ただ、本当にびっくりしてしまって……そ、それに、姿を変えていたのは私も同じですし」

私の言葉に、王太子様はホッとした様子でため息を漏《も》らす。

「よかった……」

それから彼は、私の目の前に、あるものを差し出した。

私は、それを見て目を見開く。

「……青薔薇《あおばら》」

そう。目の前に差し出されたのは、一輪の青い薔薇《ばら》。

「――今まではリリアナ嬢の優しさにつけ込んで、強引に話を進めてきた。本当のことを話さず、気持ちさえ伝えず……しかし、リリアナ嬢が聖女になるためにシェルフィールド王国を去って、ようやく気がついた。大切な話をそんな形で進めては、絶対にダメだったと」

王太子様は真摯《しんし》な眼差《まなざ》しをこちらに向け、言葉を続ける。

「リリアナ嬢――俺ははじめて君に会ったとき、随分《ずいぶん》面白い娘《こ》だと思った。会うたびに君のことをもっと知りたくなり、心が惹《ひ》かれていった。俺は、リリアナ嬢のことが好きなんだ。先にリリアナ嬢に言われてしまったが、どうか俺と結婚してほしい……。この青薔薇《あおばら》を受け取ってはくれないか？」

気がつくと、私の目からは涙が流れていた。

……ランスロット様が王太子様だと知って、驚いたけれど――大好きな人とずっと一緒にいられるのなら、これほど嬉しいことはありません。

「……嫌なのか？」

不安げに尋ねてくるランスロット様に、私は笑顔を向ける。

「違います。これは……嬉し涙です。私の答えはもう決まっています！」

そう言って手を伸ばし、私は青薔薇《あおばら》を受け取ったのだった。

RC Regina COMICS
大好評発売中!!
えっ? 平凡ですよ??
漫画 不二原理夏 Rika Fujiwara
原作 月雪はな Hana Tsukiyuki
1〜3
ほのぼのファンタジー
待望のコミカライズ!
交通事故で命を落とした、女子高生のゆかり。目を覚ますと、異世界に伯爵令嬢として転生していた！　なのに、待っていたのはまさかの貧乏生活……。第二の人生を豊かにすべく、元女子高生は前世の知識をフル活用する!!
＊B6判
＊各定価：本体680円＋税
アルファポリス 漫画
検索
シリーズ累計
16万部突破！

スマホゲーム化決定！
2017年春配信予定！
異世界でカフェを開店しました。
豪華声優陣によるキャスト発表中！
事前登録受付中！
詳しくは公式HPにアクセス！
https://isekaicafe.jp/
※ゲームリリースをもって、事前登録は終了します。
©Ringo Amasawa ©AlphaPolis Co., Ltd. キャラクター原案：⑪(トイチ)・野口芽衣

RC Regina COMICS
メイドから母になりました 1
大好評発売中!!
原作 Seiya Yuzuki 夕月星夜
漫画 Asuka Tsukimoto 月本飛鳥
アルファポリスWebサイトにて好評連載中！
シリーズ累計6万部突破！
待望のコミカライズ！
異世界に転生した、元女子高生のリリー。
ときどき前世を思い出したりもするけれど、
今はあちこちの家に派遣される
メイドとして活躍している。
そんなある日、王宮魔法使いのレオナールから
突然の依頼が舞い込んだ。
なんでも、彼の義娘《むすめ》・ジルの
「母親役」になってほしいという内容で――？
B6判・定価680円+税・ISBN978-4-434-22981-7
アルファポリス 漫画
検索

Regina COMICS
シリーズ累計
31万部
突破!!
詐騎士
1~2
大好評発売中!!
SAGISHI
Presented by Kaitoko
Comic by Natsumi Asa
原作 かいとーこ
漫画 麻 菜摘
アルファポリスWebサイトにて
好評連載中!
新感覚ファンタジー
待望のコミカライズ!!
ある王国の新人騎士の中に、一人風変わりな少年がいた。傀儡術《かいらいじゅつ》という特殊な魔術で自らの身体を操り、女の子と間違えられがちな友人を常にフォローしている。しかし実は、その少年こそが女の子だった！性別も、年齢も、身分も、余命すらも詐称。飄々《ひょうひょう》と空を飛び、仲間たちを振り回す——。そんな詐騎士《さぎし》ルゼの偽りだらけの騎士生活！
性別、年齢、身分、余命、
すべて詐称!?
その騎士、実は女の子!?
シリーズ累計29万部突破 新感覚ファンタジーコミカライズ!!
アルファポリス 漫画
検索
B6判
各定価：本体680円＋税

月雪はな（つきゆき はな）
2011年9月より、WEBで小説を公開。2013年、「えっ？平凡ですよ??」にて出版デビューに至る。スイーツが大好物で、日々体重計とにらみ合っている。散歩が趣味。

イラスト：かる

えっ？ 平凡《へいぼん》ですよ?? 8

月雪はな（つきゆき はな）

2017年 4月 4日初版発行

編集ー宮田可南子
編集長ー塙綾子
発行者ー梶本雄介
発行所ー株式会社アルファポリス
〒150-6005 東京都渋谷区恵比寿4-20-3恵比寿ガーデンプレイスタワー5階
TEL 03-6277-1601（営業） 03-6277-1602（編集）
URL http://www.alphapolis.co.jp/
発売元ー株式会社星雲社
〒112-0005 東京都文京区水道1-3-30
TEL 03-3868-3275
装丁・本文イラストーかる
装丁デザインーansyyqdesign
印刷ー中央精版印刷株式会社

価格はカバーに表示されてあります。
落丁乱丁の場合はアルファポリスまでご連絡ください。
送料は小社負担でお取り替えします。

ISBN978-4-434-23131-5 C0093